W9-BMN-615

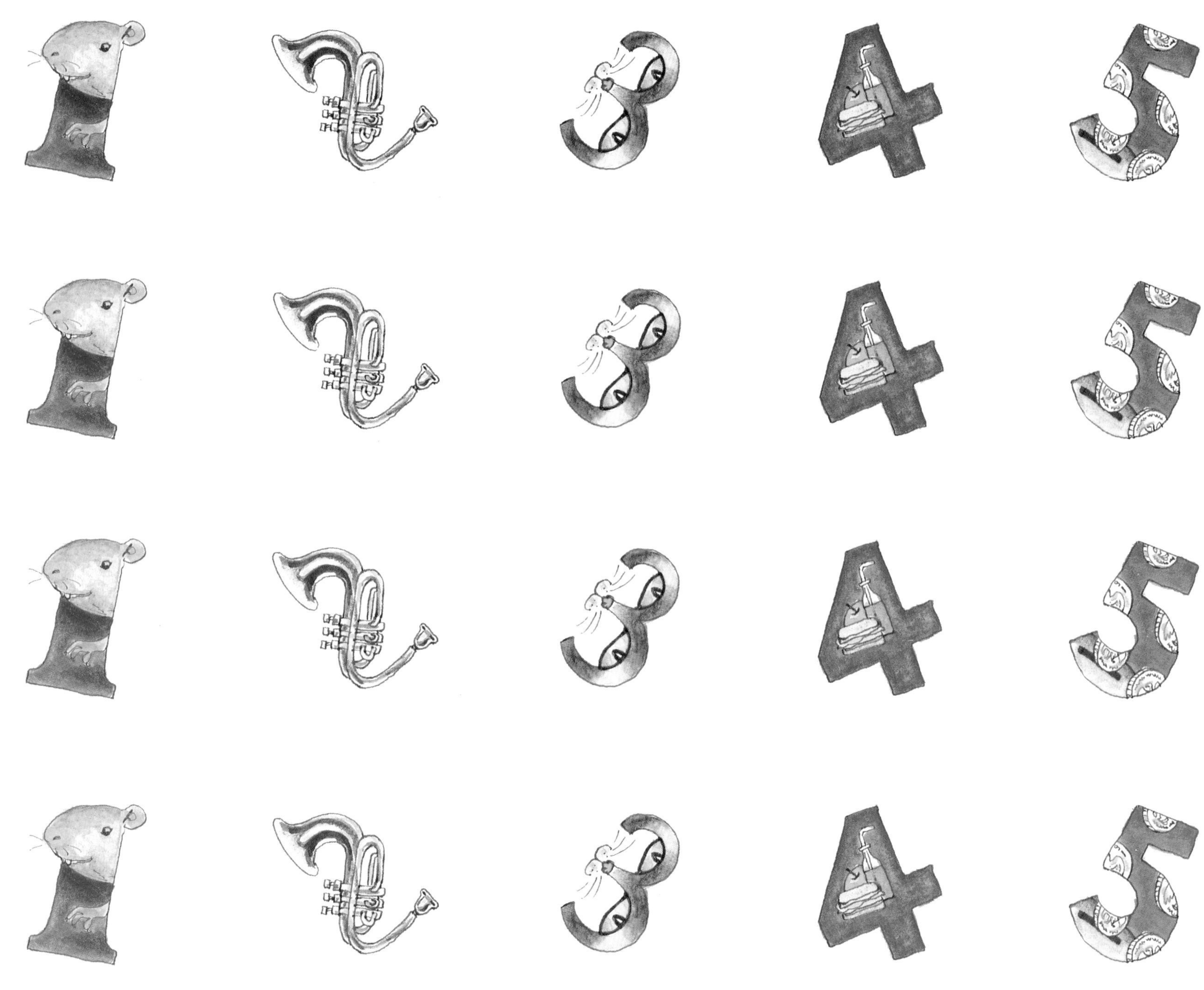

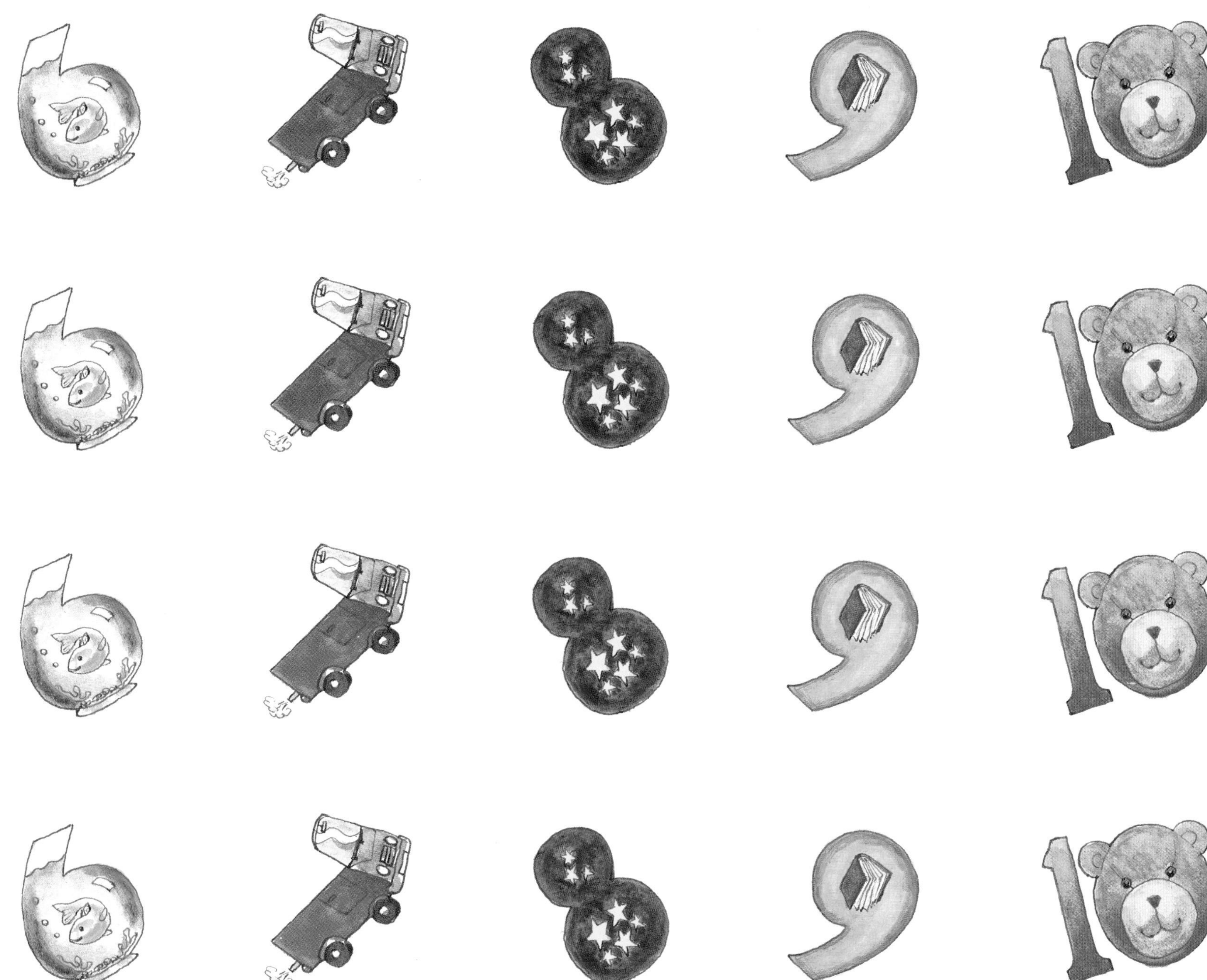

MathStart™

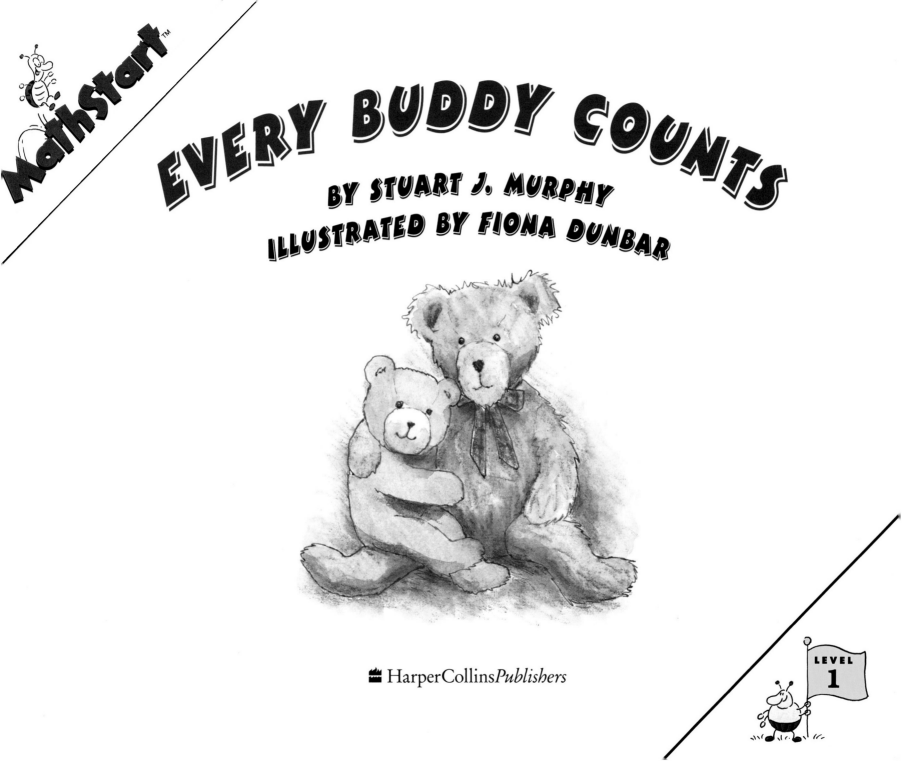

EVERY BUDDY COUNTS

BY STUART J. MURPHY

ILLUSTRATED BY FIONA DUNBAR

HarperCollinsPublishers

LEVEL
1

To P.C.T.—whom I know I can always count on
—S.J.M.

To my dear Pano and Helena
—F. D.

The illustrations in this book were done with water soluble crayons on Arches hot press watercolor paper.

HarperCollins®, [logo]®, and MathStart™ are trademarks of HarperCollins Publishers Inc.

For more information about the MathStart series, please write to
HarperCollins Children's Books, 10 East 53rd Street, New York, NY 10022.

Bugs incorporated in the MathStart series design were painted by Jon Buller.

Every Buddy Counts

Library of Congress Cataloging-in-Publication Data
Murphy, Stuart J., date
Every buddy counts / by Stuart J. Murphy ; illustrated by Fiona Dunbar.
p. cm. — (MathStart)
"Counting, level 1."
Summary: A little girl goes through the day counting her "buddies" which include one hamster, two sisters, three kittens, etc.
ISBN 0-06-026772-0. — ISBN 0-06-026773-9 (lib. bdg.)
ISBN 0-06-446708-2 (pbk.)
[1. Counting. 2. Stories in rhyme.] I. Dunbar, Fiona, ill. II. Title.
III. Series.
PZ8.3.M935Ev 1997 95-48840
[E]—dc20 CIP
AC

16 17 18 19 20
❖
First Edition

EVERY BUDDY COUNTS

When I wake up feeling lonely—

crummy, yucky, very sad—

I count up all my buddies,

and I'm happy, cheery, glad.

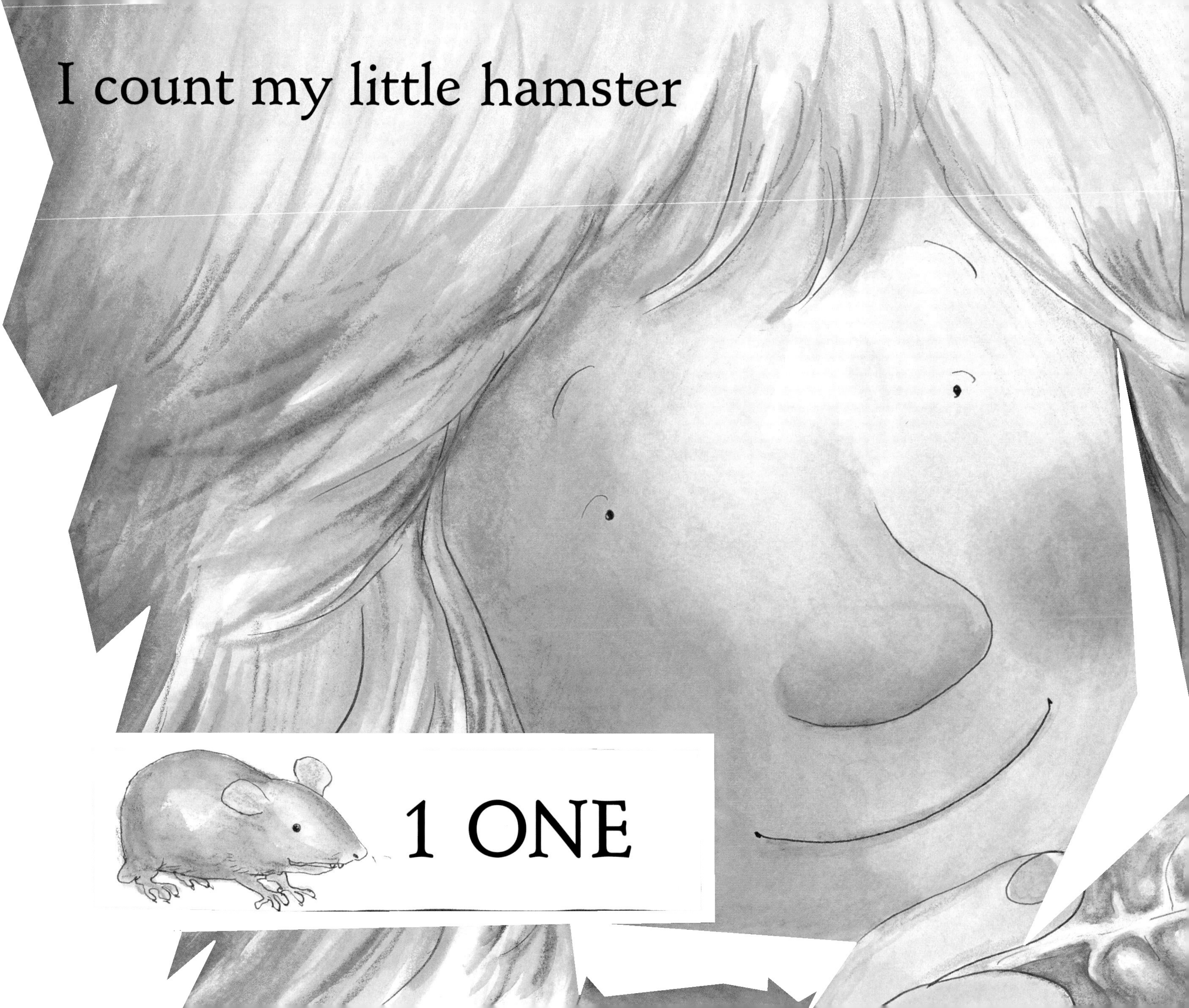
I count my little hamster
1 ONE

that I hold in my big hand,

and I count my older sisters

who play trumpets in a band.

2 TWO

I count my cousin's kittens

3 THREE

who always like to play,

and the people in the store

that I visit every day.

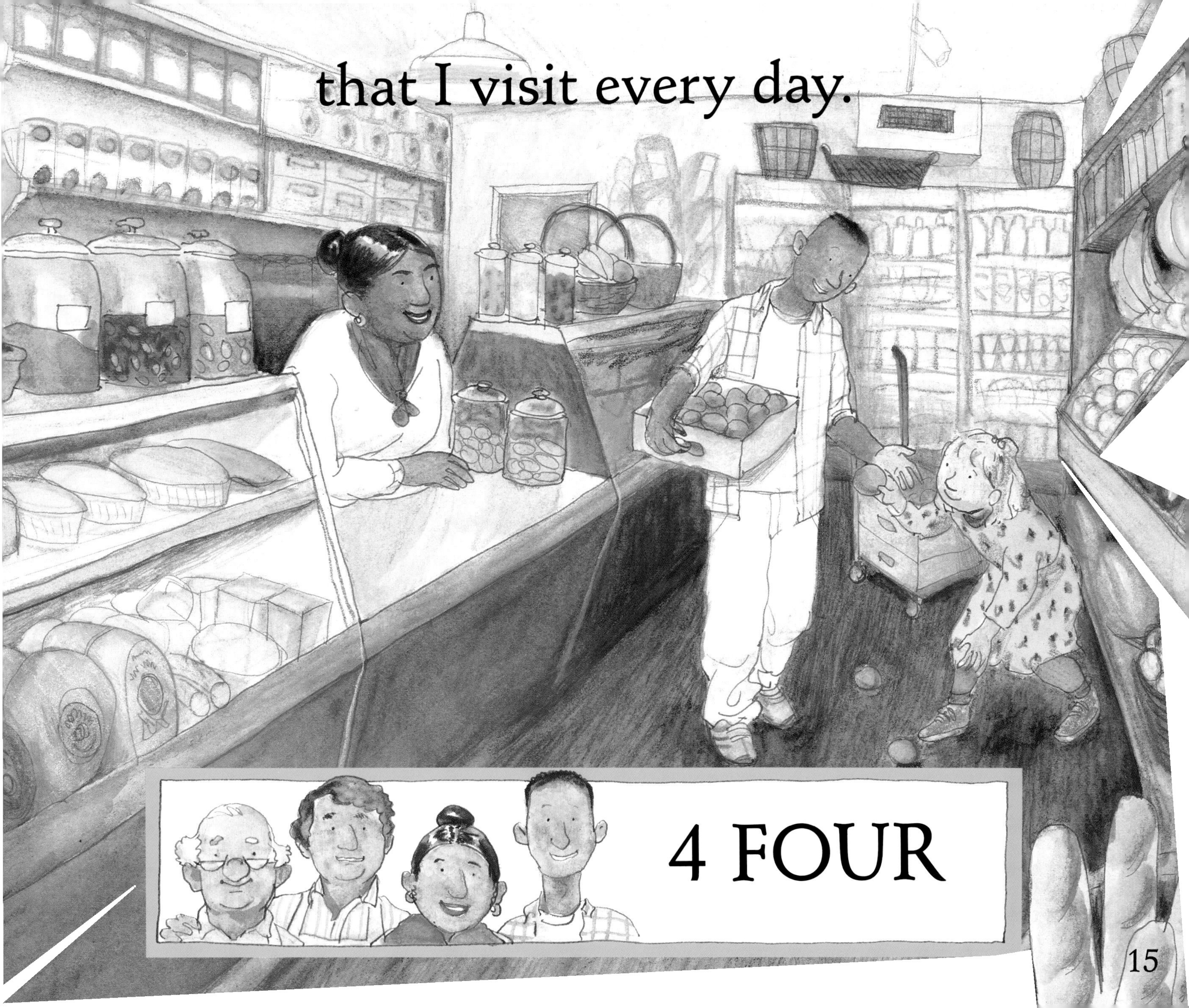

4 FOUR

I count my next-door neighbors,

The
COUNT
OF
Monte

who put pennies in my bank,

5 FIVE

and I count my slinky fish
6 SIX

in their bubbly, bubbly tank.

I count my aunts and uncles

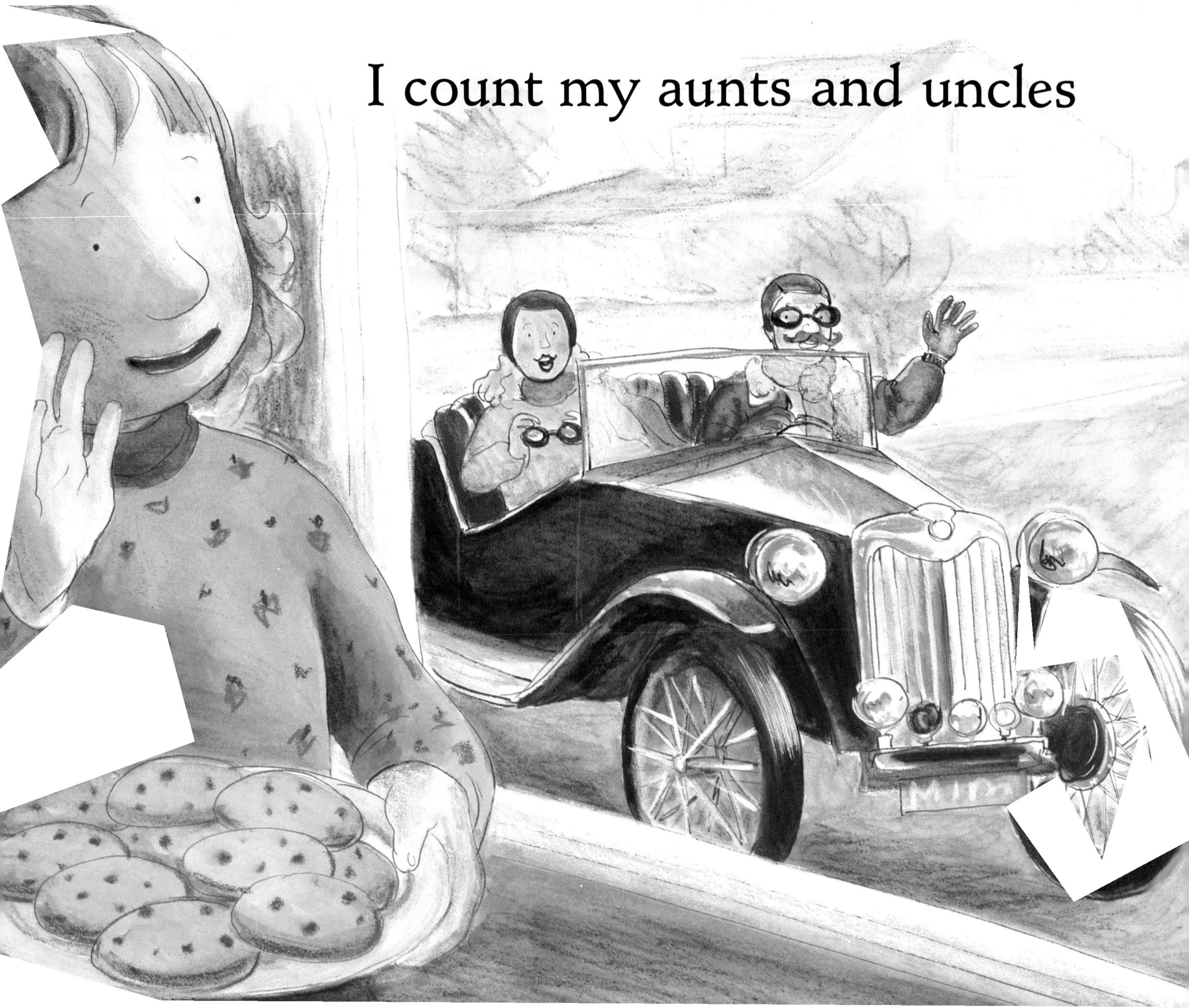

who visit in their cars,

7 SEVEN

who like to stare at stars.

8 EIGHT

I count my special friends

HARRY
the Dirty Dog
Amelia
Bedelia
MANY KANGAROO
THINGS TO DO!

9 NINE

in the stories I have read,

and my cuddly teddy bears

who snuggle in my bed.

10 TEN

I'm a very lucky person—

Heidi

as anyone can see.

My buddies can be counted,

1 ONE

2 TWO

3 THREE

6 SIX

7 SEVEN

8 EIGHT

and they can always count on ME!

4 FOUR

5 FIVE

9 NINE

10 TEN

 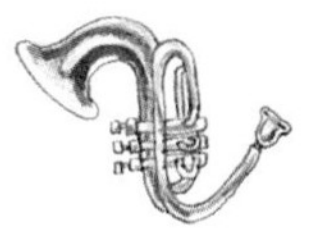    

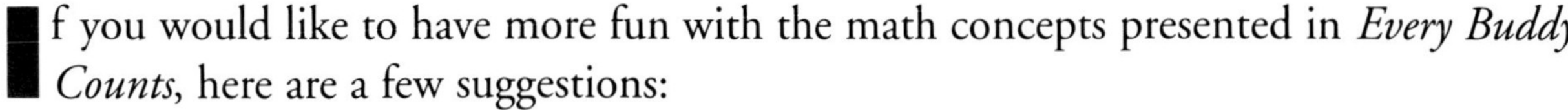

FOR ADULTS AND KIDS

If you would like to have more fun with the math concepts presented in *Every Buddy Counts*, here are a few suggestions:

- Read the story together and ask the child to describe what is going on in each picture. Point out the numeral and word for each number. Discuss ways in which the girl is being counted on by each of her buddies.
- Ask questions throughout the story, such as "How many older sisters does the girl have?" and "Can you count the number of teddy bears snuggling in her bed?"
- Try counting backward. Open the book near the end and start counting: seven aunts and uncles, six slinky fish, etc.

- Look at the last page of the story. Try counting just the people, or just the animals. Try counting boxes of buddies from top to bottom, or skipping every other box. Can you count how many buddies there are in all?
- Help the child to make his or her own buddy count. Write the names of some of the child's special buddies on note cards. Ask the child to draw pictures of these friends on the cards. Gather the cards in groups: for example, parents, grandparents, playmates, pets, stuffed animals. Then encourage the child to count the different groups.

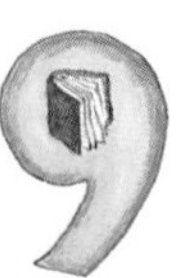

- Look at things in the real world and count them. Count the number of buttons on a shirt, toothbrushes in the bathroom, coins on the dresser, plates in the sink, wheels on a bicycle, or toys in a store window.

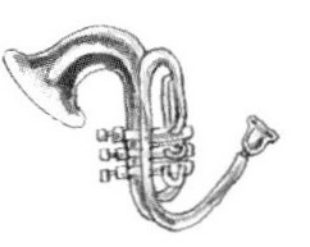

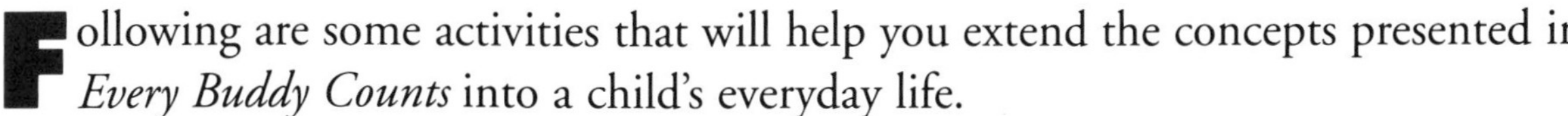

Following are some activities that will help you extend the concepts presented in *Every Buddy Counts* into a child's everyday life.

Cooking: Gather all the things you need to make chocolate chip cookies. How many mixing bowls, measuring cups, and spoons do you have? How many eggs, sticks of butter, cups of sugar or flour are needed? Most important of all—how many cookies did you bake? How many did you eat?

Shopping: As your shopping basket is filled, practice counting what you see. How many jugs of milk or juice are in the cart? How many pieces of fruit? Can you count the number of eggs in a carton?

Taking a Walk: Go for a walk and count the neighborhood sights. How many apartment buildings are on the block? How many houses? Count the number of stores, or the number of windows that face the street. Count trees, streetlights, cracks in the sidewalk, and dogs you see out for a walk, too.

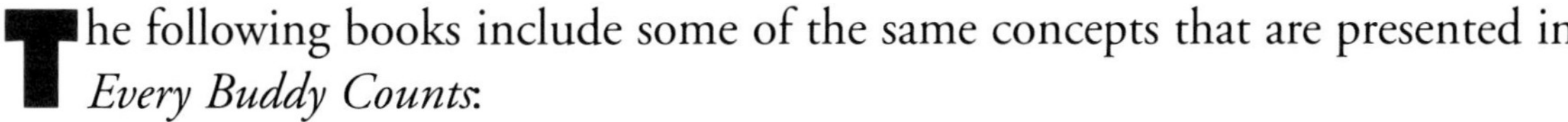

The following books include some of the same concepts that are presented in *Every Buddy Counts*:

- TEN, NINE, EIGHT by Molly Bang
- FISH EYES: *A Book You Can Count On* by Lois Ehlert
- FEAST FOR 10 by Cathryn Falwell

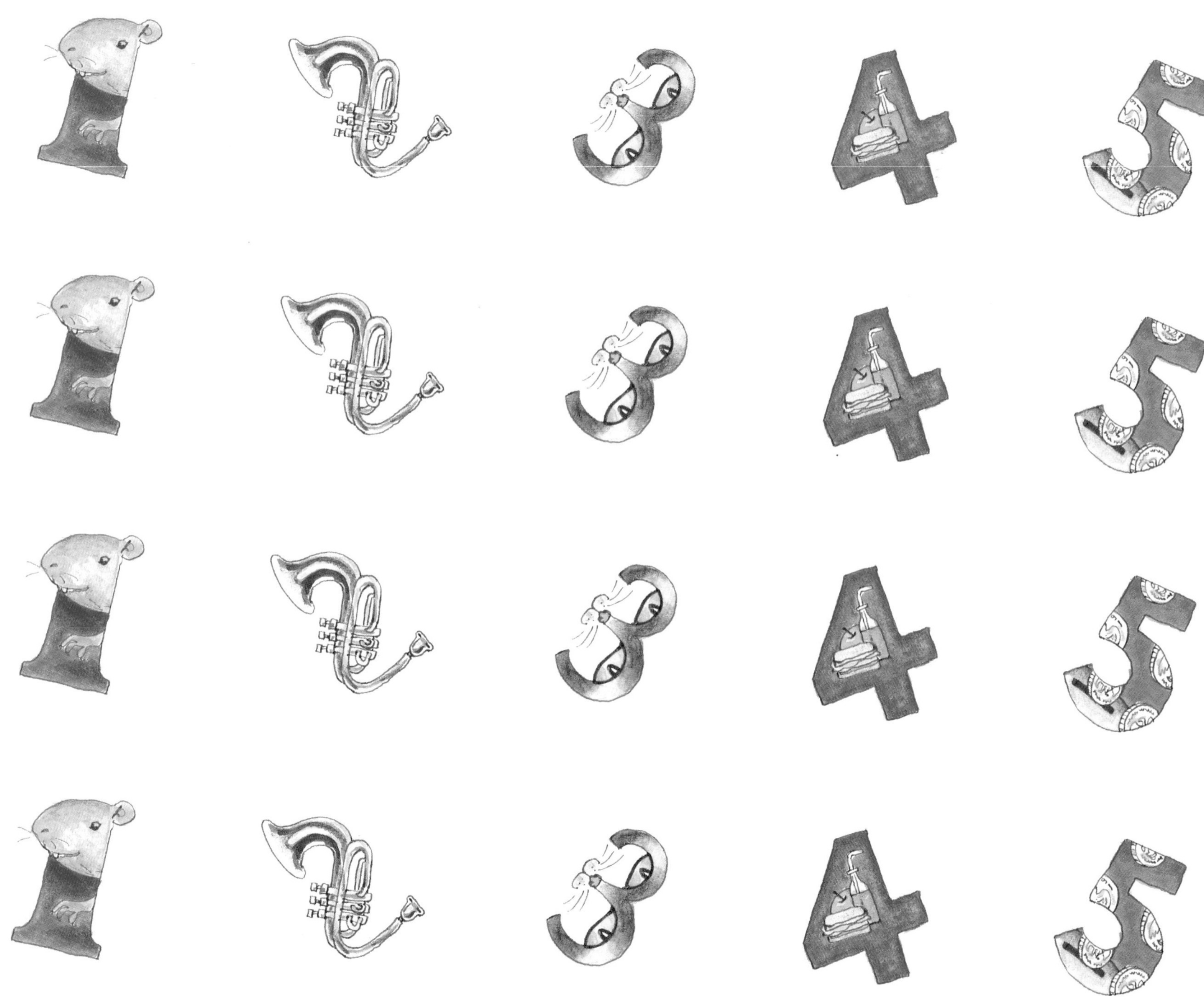

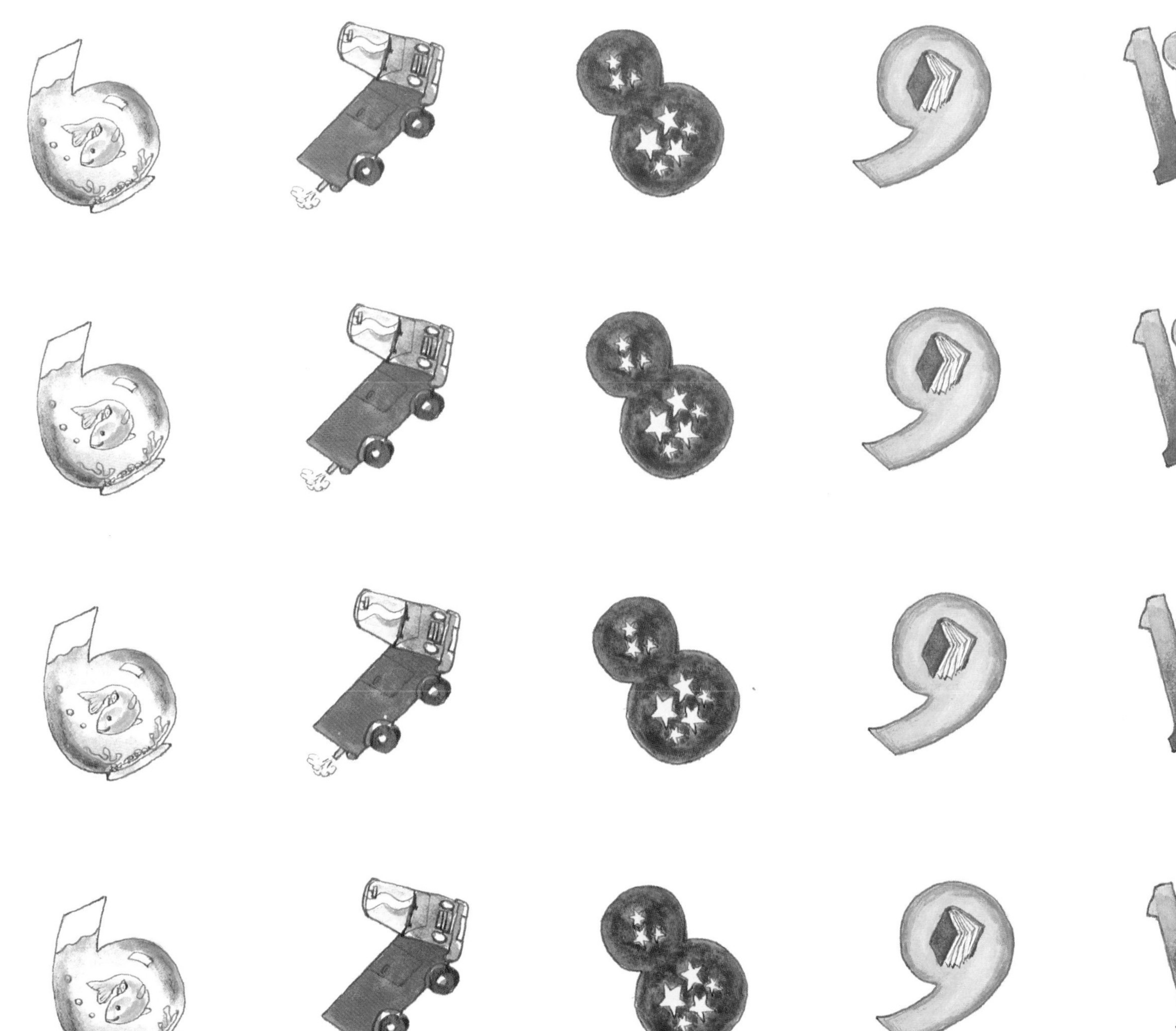

El autobús mágico®

explora los sentidos

V
E R
O Í R
OLER SABOREAR
TOCAR

ESCUELA PRIMARIA
DE WALKERVILLE
ESTACIONAMIENTO
PARA MAESTROS

El autobús mágico

explora los sentidos

EN RUTA NUEVAMENTE...

por Joanna Cole

Ilustrado por Bruce Degen

Traducido por Pedro González Caver

Scholastic Inc.

NUEVA YORK • TORONTO • LONDON • AUCKLAND • SYDNEY

Por su minuciosa lectura del manuscrito y de las ilustraciones, agradecemos al Doctor Bruce Rideout, profesor de neurociencias de la conducta, de la Universidad de Ursinus. Su infatigable atención a los detalles nos ayudó enormemente. También agradecemos al Doctor David A. Stevens, al Médico general Matthew D. Paul, al Médico veterinario Brian J. Silverlieb, a Lorraine Hopping Egan, a Karen Pierce y, como siempre, a Stephanie Calmenson.

Originally published in English
as *The Magic School Bus Explores the Senses*

ISBN 0-439-08780-5

12 11 10 9 8 7 6 5 4 3 2 1 9/9 0 1 2 3 4/0

Printed in the U.S.A. 08
First Scholastic Spanish printing, September 1999
El ilustrador utilizó pluma y tinta, acuarela, lápices de colores
y aguazo para los dibujos de este libro.

¿Cuál Prefieres?
Toma una Prestada
– Sr. W.
Flor de azahar
SR. WILDE
EL MEJOR
PREFECTO

¡A David Hashmall, cuya amable guía y
sabios consejos siempre tienen mucho *sentido*!
— J.C. & B.D.

Sr. Wilde
Director adjunto
Enciclopedia Escolástica
LA CLASE DE LA SRTA. FRIZZLE
DA LA BIENVENIDA AL SR. WILDE
NUESTRO NUEVO DIRECTOR ADJUNTO

Nuestra clase estudiaba los sentidos, es decir cómo saben las personas y los animales lo que está sucediendo a su alrededor.

Hacíamos experimentos y redactábamos informes.

Incluso estábamos aprendiendo una canción sobre los sentidos, que cantaríamos en una importante junta de padres y maestros.

El día antes de la junta, practicamos la canción veinte veces.

SIN NUESTROS SENTIDOS ESTARÍAMOS DESCONECTADOS
por Carlos
Si una persona no pudiera ver, oír, sentir, oler ni saborear, no sabría nada sobre el mundo exterior.
ESCUCHA UNA CAMPANA, MIRA UNA LUZ BRILLANTE, ACARICIA LA PIEL DE UN GATO, Y RECOBRARÁS AL INSTANTE...
TUS SENTIDOS!
VISTA
GUSTO
TACTO
OLFATO
OÍDO

Todo habría sido más fácil si hubiéramos tenido una maestra común y corriente.
Pero no es así: tenemos a la Srta. Frizzle.
Su vestido nos hacía olvidar la melodía.
Sus zapatos nos hacían olvidar la letra.
¡Y su personalidad lunática nos hacía olvidar casi todo lo demás!

NIÑOS, LA FUNCIÓN ES MAÑANA POR LA TARDE.
SABOREA UNA CAMPANA...
HUELE UNA LUZ BRILLANTE...
ME PARECE QUE NO ESTAREMOS LISTOS...
Mi olor favorito por Phoebe
TODOS LOS ANIMALES NECESITAN LOS SENTIDOS
por Arnold
Sin los sentidos, un animal no podría encontrar comida ni escapar del peligro.
¡TE VEO! ¡TE OIGO! ¡TE HUELO!
¡YO TAMBIÉN TE VEO, TE OIGO Y TE HUELO!
HASTA LOS ANIMALES MÁS DIMINUTOS TIENEN SENTIDOS
por Keesha
Los animales unicelulares tienen sentidos simples. Saben cuando lo que los rodea está muy caliente, muy frío o es muy venenoso.
¡Entonces dan media vuelta y se van a otro lado!
¡SERÉ MICROSCÓPICO, PERO SOY SENSIBLE!

Cuando terminó el día de clases, salimos a jugar. Al rato, la Srta. Frizzle salió y se subió en su auto. En ese momento, el Sr. Wilde, nuestro nuevo director adjunto, nos dijo: —Nos vemos en la junta esta noche.

—¿Esta noche? —protestamos—. ¡La Srta. Frizzle cree que es mañana!

—Tengo que avisarle —dijo el Sr. Wilde.

Pero era demasiado tarde. La Friz ya se alejaba en su auto.

¿CUÁLES SON LOS SENTIDOS MÁS IMPORTANTES?
por Phil
Hay animales que dependen más de un sentido que de otro.
La vista es el más importante para las aves. ¡No pueden encontrar su comida si no la ven!
Los murciélagos usan el oído para saber hacia dónde deben ir. No pueden cazar si tienen los oídos tapados.
Las serpientes olfatean el aire con sus lenguas bífidas.
Si la lengua no les funciona, les es difícil encontrar a su presa.
¡ESO HUELE DELICIOSO!
EL SR. WILDE ES UN BUEN DIRECTOR ADJUNTO, PERO NO CREO QUE PUEDA CON EL AUTOBÚS...
REALMENTE PARECE UN TIPO TRANQUILO.
¡NECESITA NUESTRA AYUDA!

—¡Tengo que alcanzar a la Srta. Frizzle! —dijo el Sr. Wilde.
Para nuestra sorpresa, se sentó al volante de nuestro autobús.
Créannos, hemos tenido muchas experiencias en ese autobús.
No podíamos dejar que el Sr. Wilde lo condujera.
¡Al menos, no solo!
Después de todo, no es más que un director adjunto:
¡no es la Srta. Frizzle!
Todos subimos a bordo.

NUESTROS SENTIDOS PRINCIPALES
por Wanda
Los sentidos de la vista y el oído son los más importantes para los seres humanos.
¡DETENTE!
¡MIRA!
¡ESCUCHA!
¡SRTA. FRIZZLE, REGRESE!
PRIMARIA DE WALKERVILLE
PARE
FRIZ

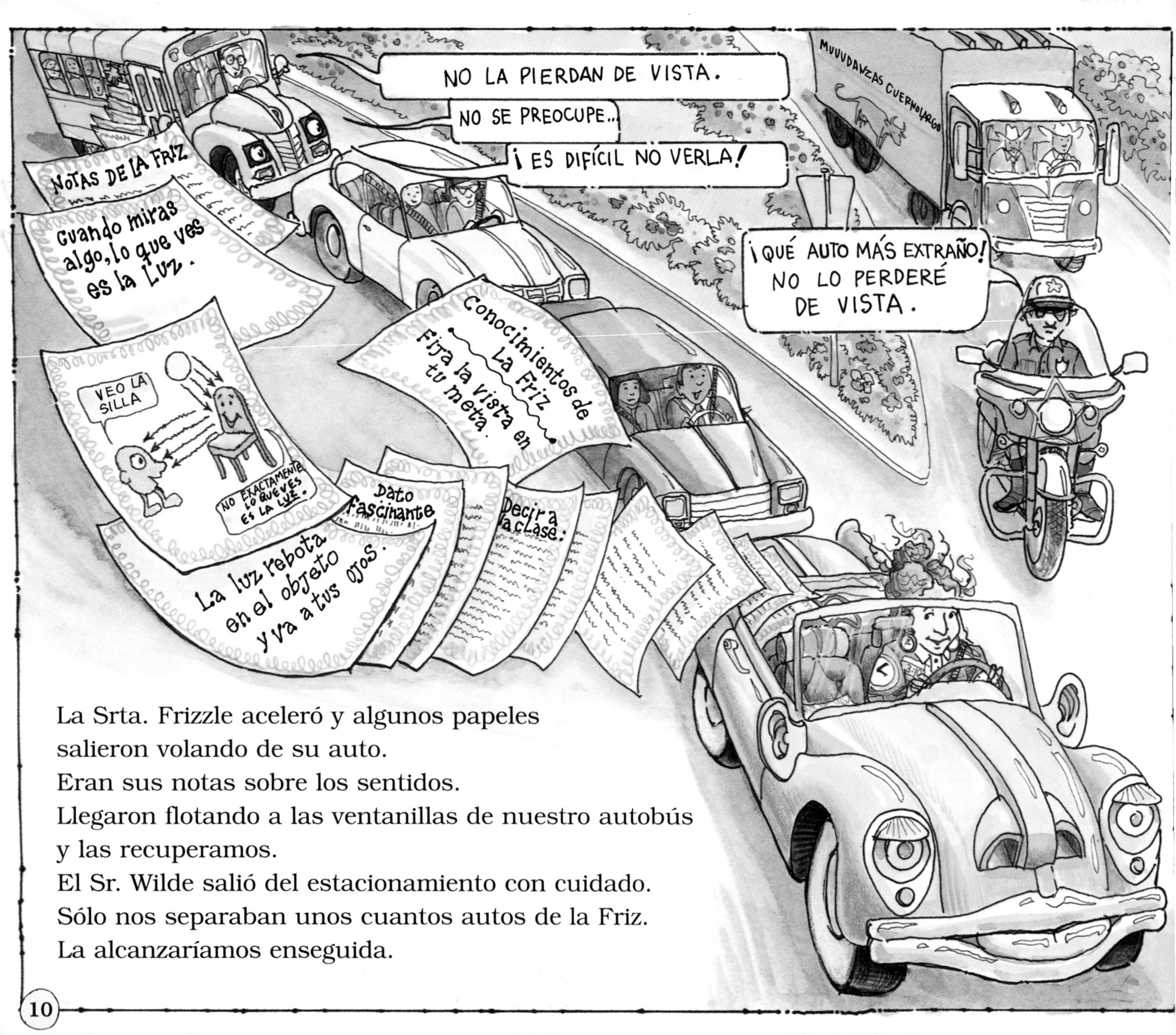
NO LA PIERDAN DE VISTA.
NO SE PREOCUPE...
¡ES DIFÍCIL NO VERLA!
MUUUDANZAS CUERNOLARGO
¡QUÉ AUTO MÁS EXTRAÑO! NO LO PERDERÉ DE VISTA.
NOTAS DE LA FRIZ
Cuando miras algo, lo que ves es la luz.
VEO LA SILLA
NO EXACTAMENTE LO QUE VES ES LA LUZ.
Conocimientos de La Friz
Fija la vista en tu meta.
Dato fascinante
Decir a la clase:
La luz rebota en el objeto y va a tus ojos.

La Srta. Frizzle aceleró y algunos papeles
salieron volando de su auto.
Eran sus notas sobre los sentidos.
Llegaron flotando a las ventanillas de nuestro autobús
y las recuperamos.
El Sr. Wilde salió del estacionamiento con cuidado.
Sólo nos separaban unos cuantos autos de la Friz.
La alcanzaríamos enseguida.

Entonces, el Sr. Wilde vio un botoncito verde en el tablero.
—Verde significa “adelante” —murmuró para sí mismo, acercándose al interruptor.
—¡NO LO TOQUE! —le advertimos.
Demasiado tarde. El Sr. Wilde movió el interruptor.
Él no había estado nunca en un autobús escolar como éste.
Pero nosotros sí. Muchas veces.
Sabíamos que algo imposible iba a suceder. Y sucedió.
El autobús empezó a encogerse.

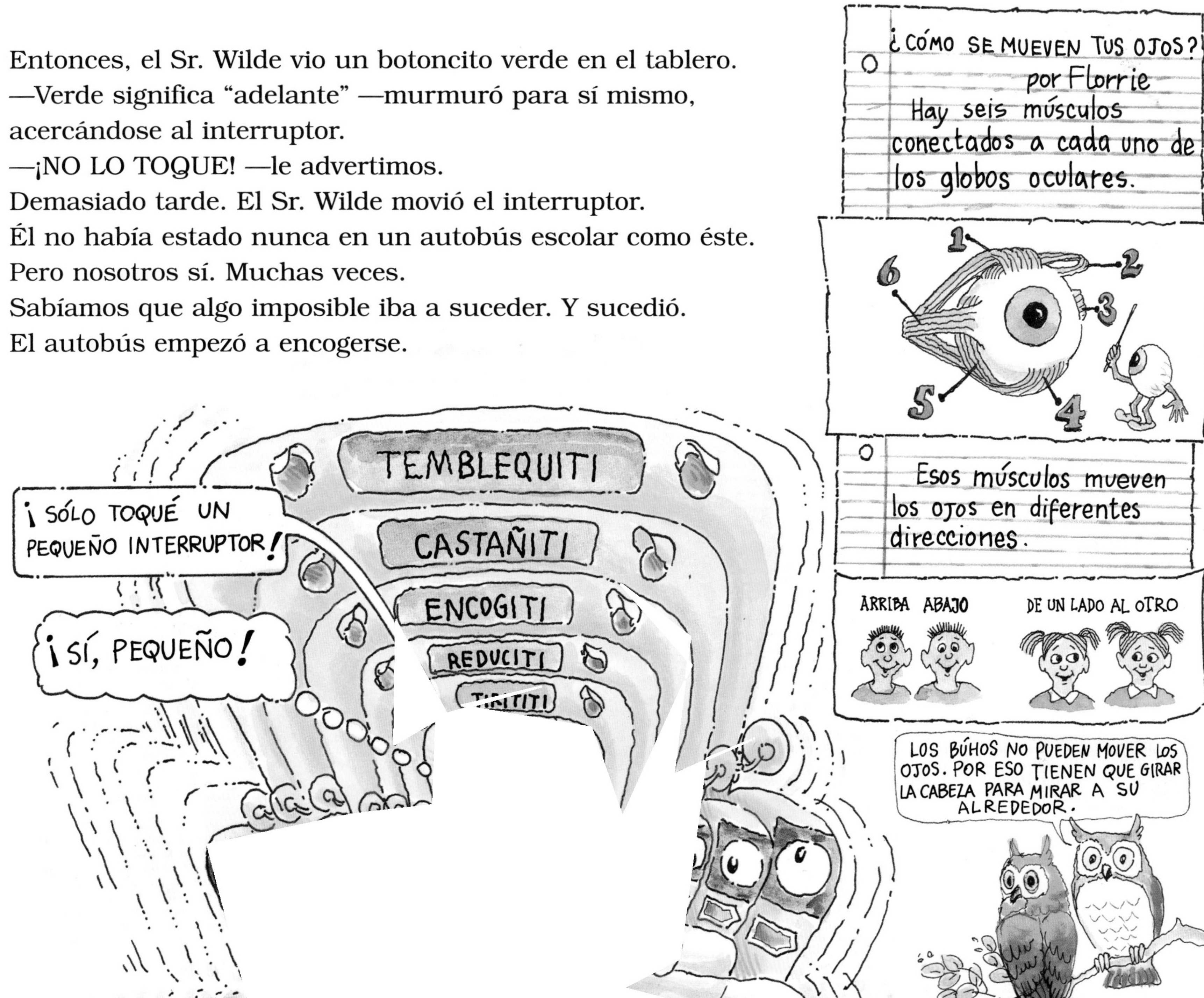

¿CÓMO SE MUEVEN TUS OJOS?
por Florrie
Hay seis músculos conectados a cada uno de los globos oculares.
1
2
3
4
5
6
Esos músculos mueven los ojos en diferentes direcciones.
ARRIBA
ABAJO
DE UN LADO AL OTRO
TEMBLEQUITI
CASTAÑITI
ENCOGITI
REDUCITI
¡SÓLO TOQUÉ UN PEQUEÑO INTERRUPTOR!
¡SÍ, PEQUEÑO!
LOS BÚHOS NO PUEDEN MOVER LOS OJOS. POR ESO TIENEN QUE GIRAR LA CABEZA PARA MIRAR A SU ALREDEDOR.

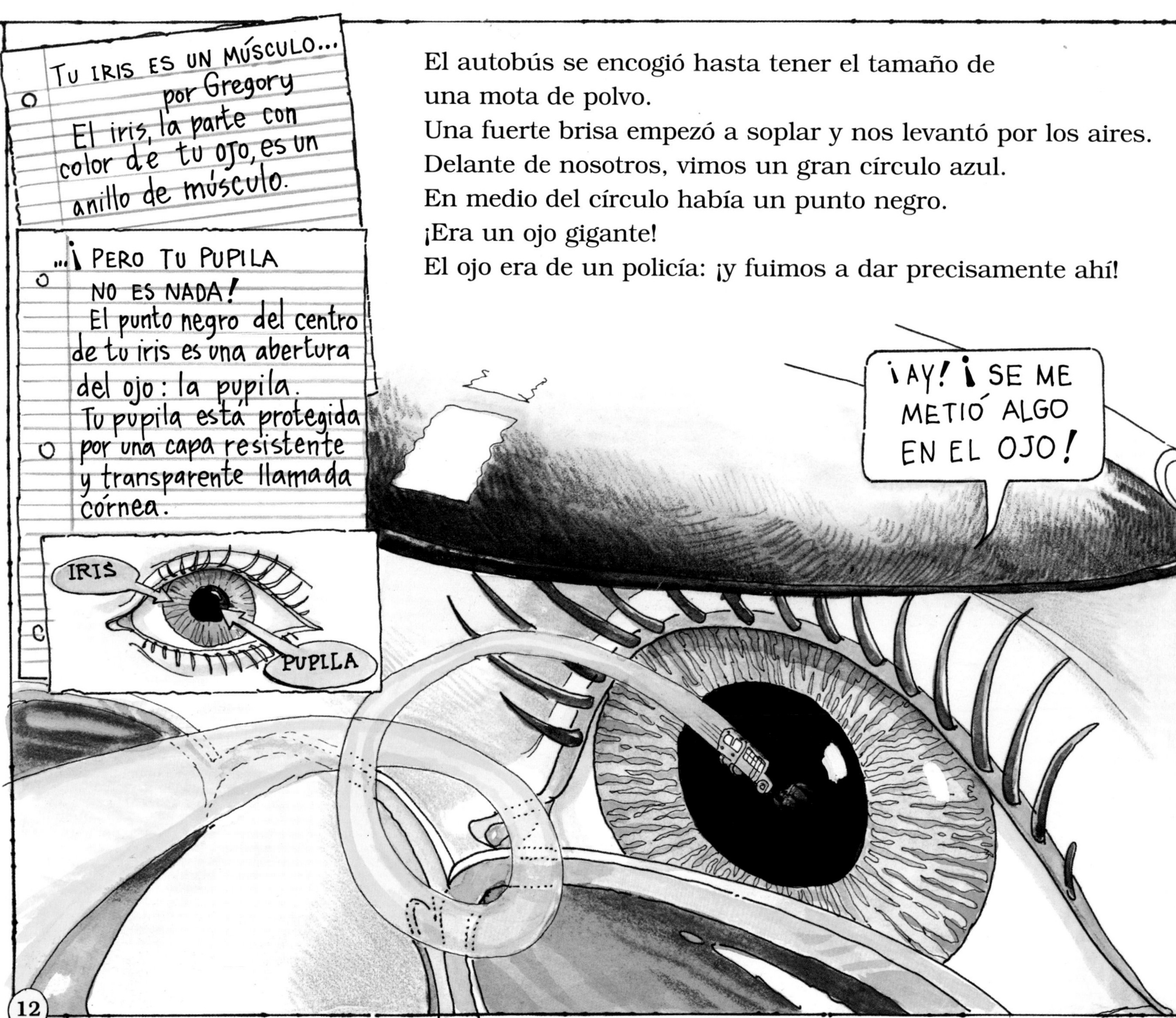
TU IRIS ES UN MÚSCULO...
por Gregory
El iris, la parte con color de tu ojo, es un anillo de músculo.
...¡PERO TU PUPILA NO ES NADA!
El punto negro del centro de tu iris es una abertura del ojo: la pupila.
Tu pupila está protegida por una capa resistente y transparente llamada córnea.
IRIS
PUPILA
¡AY! ¡SE ME METIÓ ALGO EN EL OJO!

El autobús se encogió hasta tener el tamaño de
una mota de polvo.
Una fuerte brisa empezó a soplar y nos levantó por los aires.
Delante de nosotros, vimos un gran círculo azul.
En medio del círculo había un punto negro.
¡Era un ojo gigante!
El ojo era de un policía: ¡y fuimos a dar precisamente ahí!

Antes de que el oficial pudiera parpadear y sacarnos, el Sr. Wilde vio una palanca con los colores del arco iris.

—¡DEJE EN PAZ ESA PALANCA! —gritamos todos.

Pero no pudo resistirse. Tiró de la palanca y el autobús se deslizó suavemente por la córnea (la cubierta transparente que protege al iris y la pupila).

Después de la córnea pasamos por un mar de líquido transparente . . . dejamos atrás el iris azul . . . y entramos en la pupila.

—¿Quién hubiera dicho que conducir un autobús sería tan divertido? —comentó el Sr. Wilde.

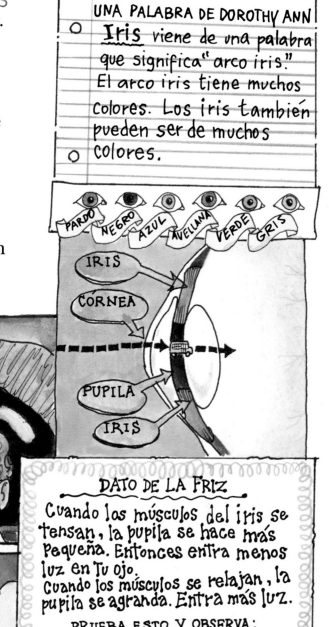

UNA PALABRA DE DOROTHY ANN

Iris viene de una palabra que significa "arco iris." El arco iris tiene muchos colores. Los iris también pueden ser de muchos colores.

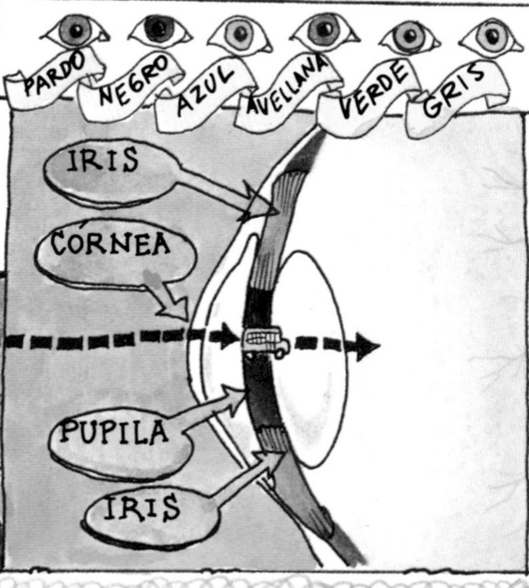
PARDO
NEGRO
AZUL
AVELLANA
VERDE
GRIS
IRIS
CÓRNEA
PUPILA
IRIS

¿ESTOY CONDUCIENDO DENTRO DE UN OJO? ¡NO PUEDO CREERLO, PHOEBE!

¡EN MI ANTIGUA ESCUELA LOS PUPILOS NUNCA ENTRARON EN UNA PUPILA!

DATO DE LA FRIZ

Cuando los músculos del iris se tensan, la pupila se hace más pequeña. Entonces entra menos luz en tu ojo.
Cuando los músculos se relajan, la pupila se agranda. Entra más luz.

PRUEBA ESTO Y OBSERVA:

TUS PUPILAS SE CIERRAN CON LA LUZ BRILLANTE.
...Y SE ABREN CON LA LUZ TENUE.

MI CLASE ESTÁ MUY METIDA EN EL OJO HUMANO.
¡MÁS VALE QUE ABRAN LOS OJOS!
MAMÁ
MAMÁ AGUA MINERAL
FRÍA Y PURA... COMO LA SERVÍA MAMÁ.

¡El Sr. Wilde se estaba volviendo loco!

—¡Debería ser conductor de autobuses escolares en lugar de director adjunto! —exclamó, cuando pasábamos a través del lente transparente del ojo.

No éramos los únicos.

También pasaban rayos de luz.

El lente concentraba la luz para crear una imagen nítida en la retina: una capa de células en la parte posterior del ojo.

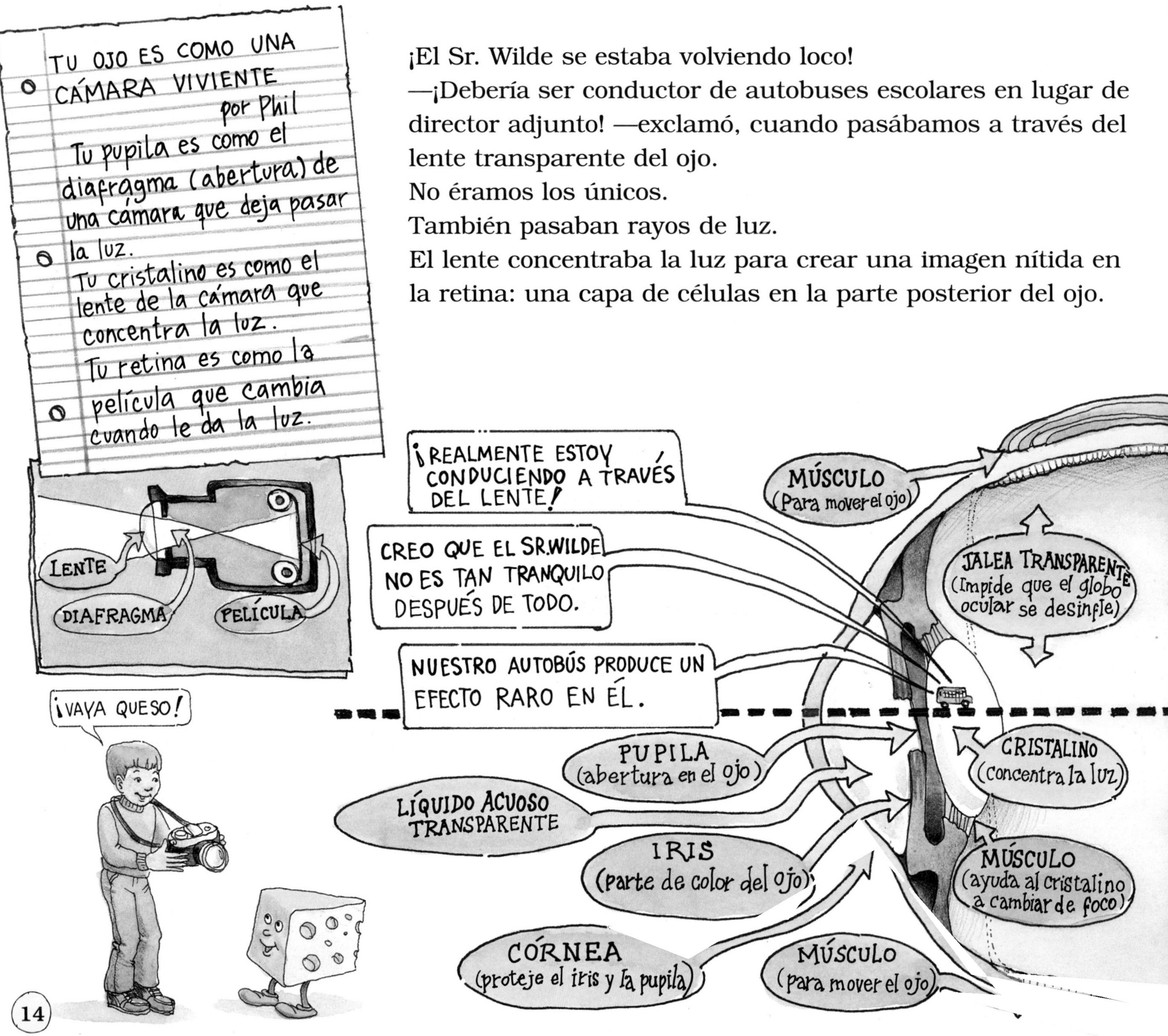

TU OJO ES COMO UNA CÁMARA VIVIENTE
por Phil
Tu pupila es como el diafragma (abertura) de una cámara que deja pasar la luz.
Tu cristalino es como el lente de la cámara que concentra la luz.
Tu retina es como la película que cambia cuando le da la luz.
LENTE
DIAFRAGMA
PELÍCULA
¡VAYA QUESO!
¡REALMENTE ESTOY CONDUCIENDO A TRAVÉS DEL LENTE!
CREO QUE EL SR. WILDE NO ES TAN TRANQUILO DESPUÉS DE TODO.
NUESTRO AUTOBÚS PRODUCE UN EFECTO RARO EN ÉL.
MÚSCULO (Para mover el ojo)
JALEA TRANSPARENTE (Impide que el globo ocular se desinfle)
PUPILA (abertura en el ojo)
CRISTALINO (Concentra la luz)
LÍQUIDO ACUOSO TRANSPARENTE
IRIS (parte de color del ojo)
MÚSCULO (ayuda al cristalino a cambiar de foco)
CÓRNEA (proteje el iris y la pupila)
MÚSCULO (para mover el ojo)

—Vayamos a la retina —dijo el Sr. Wilde, acelerando. ¡Ahora nada lo detendría!

Las notas de la maestra decían que la retina está compuesta por células especiales llamadas bastones y conos. Estas células cambian la luz que cae sobre ellas. La forma de la luz se convierte en un código de señales nerviosas que van al cerebro.

—Es como traducir de un idioma a otro —dijo Tim—. Los bastones y los conos traducen del "idioma de la luz" al "idioma del nervio".

BASTONES Y CONOS: ¿EN QUÉ SE DIFERENCIAN?
por Ralphie
Para tener buena vista, necesitamos tanto los bastones como los conos.
Los conos nos permiten ver con claridad y en colores. Funcionan mejor cuando la luz es brillante.
Cuando usamos **los bastones** nuestra vista es borrosa y no podemos ver los colores. Pero necesitamos los bastones para ver cuando hay luz tenue.
LOS CONOS SIRVEN PARA VER DE DÍA.
LOS BASTONES SIRVEN DE NOCHE.
TAMAÑO REAL: ¡La retina de tu ojo no es más gruesa que una página de este libro!

RETINA (donde se forma la imagen)

ESTAMOS USANDO NUESTROS CONOS Y BASTONES PARA VER LOS DE OTRAS PERSONAS.

AUTOBÚS ESCOLAR (No suele estar en el ojo)

CAPAS PROTECTORAS

NERVIO ÓPTICO

¿LOS VERDES O LOS AZULES?
¡LOS DOS ESTÁN MUY BIEN!

El Sr. Wilde se había olvidado que tenía que decirle algo a la Friz.
Lo único que le importaba era conducir el autobús.
Lo único que nos importaba a nosotros era encontrar a la Srta. Frizzle.
Keesha le echó un vistazo a las "Notas de la maestra", tratando de averiguar dónde estábamos.
—¡Miren! Aquí hay un mapa de la retina —dijo.
—El punto que está en el centro de la retina es la fóvea. Esa es la parte del ojo que usamos cuando miramos algo directamente.

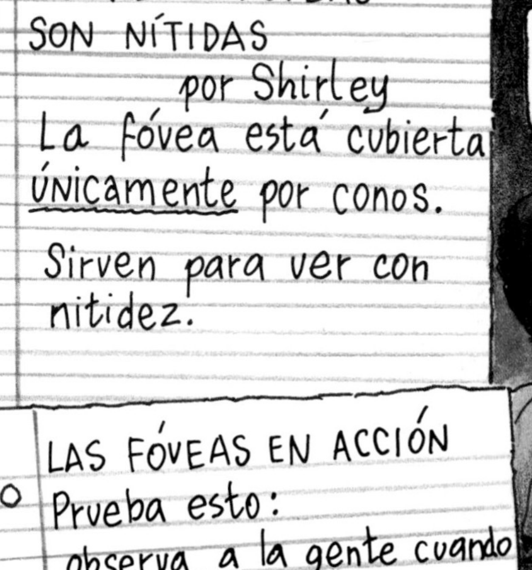
POR QUÉ TUS FÓVEAS SON NÍTIDAS
por Shirley
La fóvea está cubierta únicamente por conos.
Sirven para ver con nitidez.

LAS FÓVEAS EN ACCIÓN
Prueba esto:
observa a la gente cuando lee ¿Mueven los ojos hacia adelante y hacia atrás?
¿Por qué?
Los ojos de las personas se mueven para enfocar sus fóveas en las palabras que están leyendo.

¡DÉ LA VUELTA SR. W.!
¡SIGA NUESTRO CONSEJO!
ESTOY HARTO DE SEGUIR CONSEJOS. ¡HAY QUE ARRIESGARSE!
¿QUÉ PASA CON LOS QUE CONDUCEN ESTE AUTOBÚS?

—¿Qué es ese punto redondo en la retina? —preguntamos.
—Se llama el punto ciego —respondió Keesha—. Todo el mundo es ciego en ese pequeño punto del ojo. Ahí se juntan todos los nervios del ojo. Forman un manojo llamado nervio óptico, que va del ojo al cerebro.
Una sonrisa iluminó el rostro del Sr. Wilde mientras conducía el autobús hacia el nervio óptico.

¿POR QUÉ EL PUNTO CIEGO NO PUEDE VER?
por Keesha
Porque en ese punto no hay ni bastones ni conos.

¡HAZ DESAPARECER EL ZAPATO DE LA SRTA. FRIZZLE!

X

CÓMO HACERLO:
- Sostén este libro a un brazo de distancia de tu cara.
- Cúbrete el ojo derecho.
- Mira la X con tu ojo izquierdo.
- Mueve el libro lentamente hacia tu cara, y aléjalo de nuevo.
- Cuando desaparezca el zapato, detente.
- La imagen del zapato está en tu punto ciego.

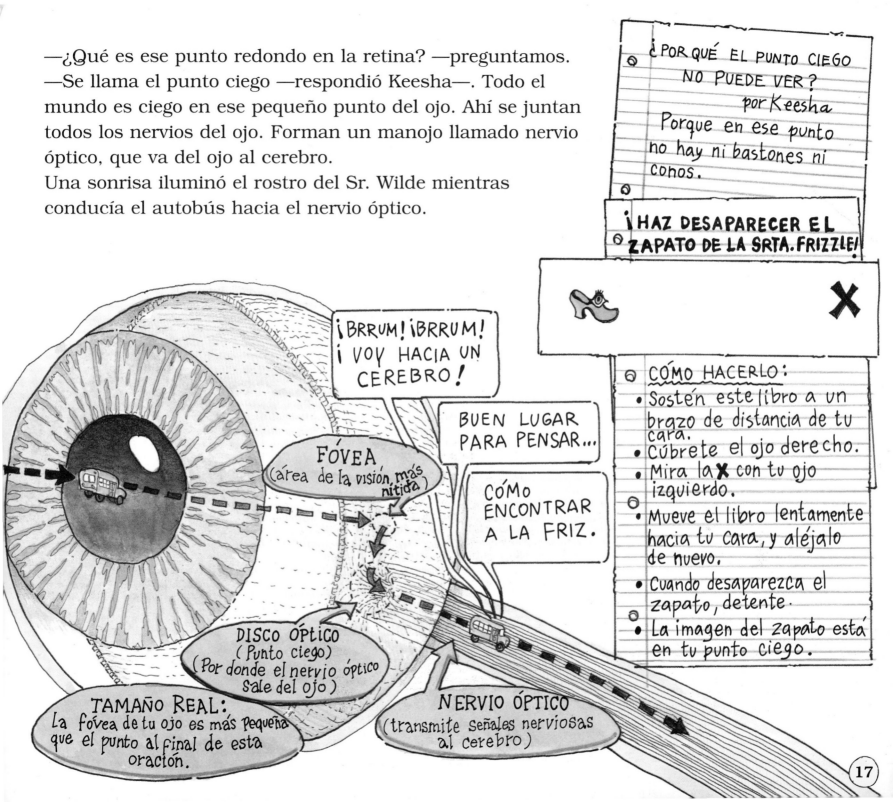

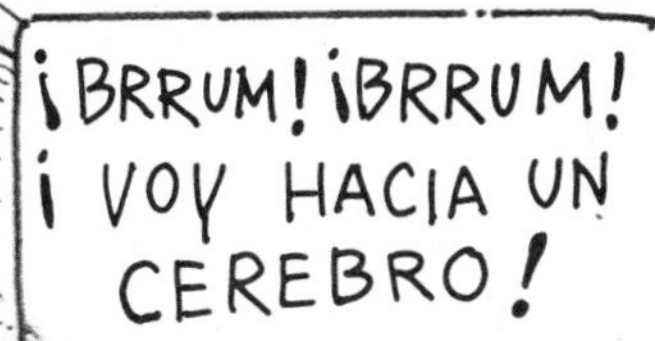
¡BRRUM! ¡BRRUM!
¡VOY HACIA UN CEREBRO!

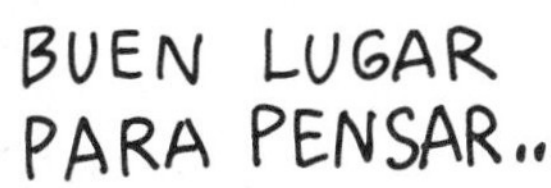
BUEN LUGAR PARA PENSAR...

CÓMO ENCONTRAR A LA FRIZ.

FÓVEA (área de la visión más nítida)

DISCO ÓPTICO (Punto ciego) (Por donde el nervio óptico sale del ojo)

TAMAÑO REAL: La fóvea de tu ojo es más pequeña que el punto al final de esta oración.

NERVIO ÓPTICO (transmite señales nerviosas al cerebro)

Fuimos hacia la superficie del cerebro: la corteza cerebral.
—Tenemos que encontrar a la Friz —dijo Ralphie—. Busquemos la parte de la corteza que recibe mensajes de los ojos.

Todos bajamos corriendo del autobús y nos separamos. Wanda nos llamó desde la parte posterior del cerebro:
—¡Aquí está!

Corrimos a reunirnos con Wanda en el centro de la visión del cerebro.

¡De algún modo, vimos lo que el oficial Jones veía!

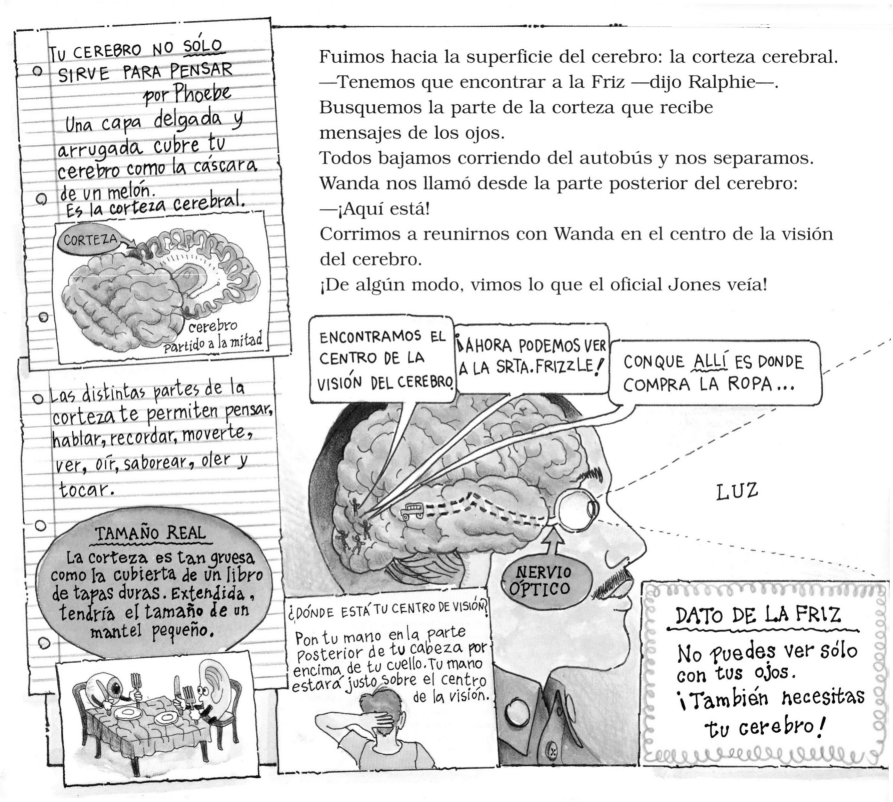

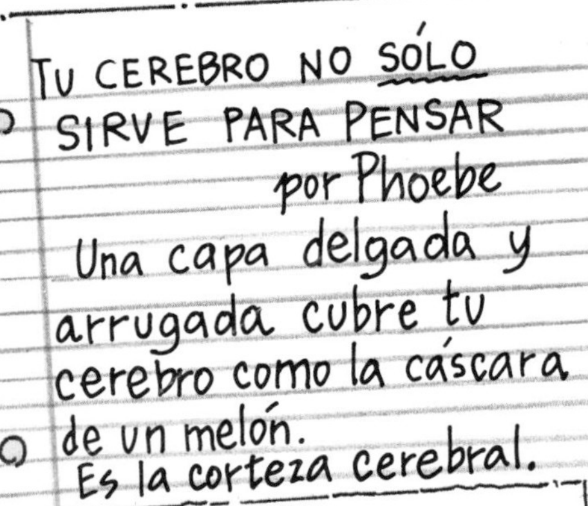
TU CEREBRO NO SÓLO SIRVE PARA PENSAR
por Phoebe
Una capa delgada y arrugada cubre tu cerebro como la cáscara de un melón.
Es la corteza cerebral.
CORTEZA
cerebro partido a la mitad

Las distintas partes de la corteza te permiten pensar, hablar, recordar, moverte, ver, oír, saborear, oler y tocar.

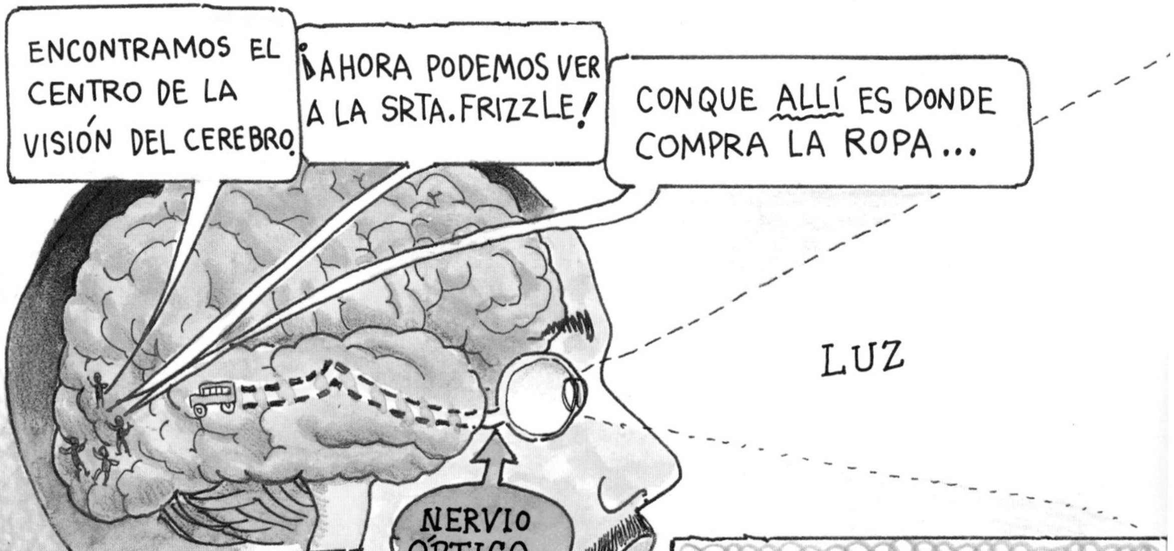

TAMAÑO REAL

La corteza es tan gruesa como la cubierta de un libro de tapas duras. Extendida, tendría el tamaño de un mantel pequeño.

ENCONTRAMOS EL CENTRO DE LA VISIÓN DEL CEREBRO.

¡AHORA PODEMOS VER A LA SRTA. FRIZZLE!

CONQUE ALLÍ ES DONDE COMPRA LA ROPA...

LUZ

NERVIO ÓPTICO

¿DÓNDE ESTÁ TU CENTRO DE VISIÓN?

Pon tu mano en la parte posterior de tu cabeza por encima de tu cuello. Tu mano estará justo sobre el centro de la visión.

DATO DE LA FRIZ

No puedes ver sólo con tus ojos. ¡También necesitas tu cerebro!

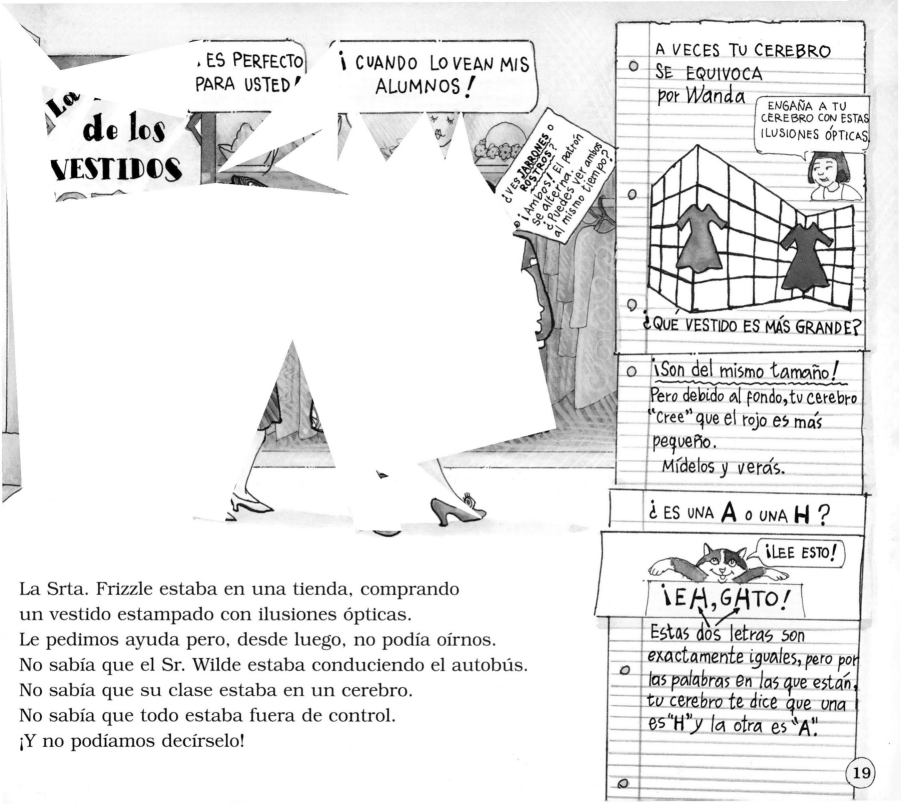

La ... de los VESTIDOS
... ES PERFECTO PARA USTED!
¡CUANDO LO VEAN MIS ALUMNOS!
¿VES JARRONES O ROSTROS? ¡Ambos! El patrón se alterna. ¿Puedes ver ambos al mismo tiempo?
A VECES TU CEREBRO SE EQUIVOCA
por Wanda
ENGAÑA A TU CEREBRO CON ESTAS ILUSIONES ÓPTICAS.
¿QUÉ VESTIDO ES MÁS GRANDE?
¡Son del mismo tamaño!
Pero debido al fondo, tu cerebro "cree" que el rojo es más pequeño.
Mídelos y verás.
¿ES UNA A O UNA H?
¡LEE ESTO!
¡EH, GHTO!
Estas dos letras son exactamente iguales, pero por las palabras en las que están, tu cerebro te dice que una es "H" y la otra es "A".

La Srta. Frizzle estaba en una tienda, comprando un vestido estampado con ilusiones ópticas. Le pedimos ayuda pero, desde luego, no podía oírnos. No sabía que el Sr. Wilde estaba conduciendo el autobús. No sabía que su clase estaba en un cerebro. No sabía que todo estaba fuera de control. ¡Y no podíamos decírselo!

Entonces todos oímos un estruendo.
¡El oficial Jones se alejaba en su motocicleta!
Teníamos que permanecer cerca de la Friz.
Saltamos dentro del autobús y el Sr. Wilde volvió
al sendero de nervios que conducía al ojo.
¡Nuestro autobús se tambaleó en el borde
del párpado y cayó por las pestañas!
¡Cuando miramos hacia abajo, vimos una OREJA!

¡TENEMOS QUE SALIR DE AQUÍ!

¡TENEMOS QUE ACERCARNOS A LA FRIZ!

¡TENEMOS QUE COMPRAR UN SEGURO CONTRA ACCIDENTES!

¡MÍRENME! ¡SIN MANOS!

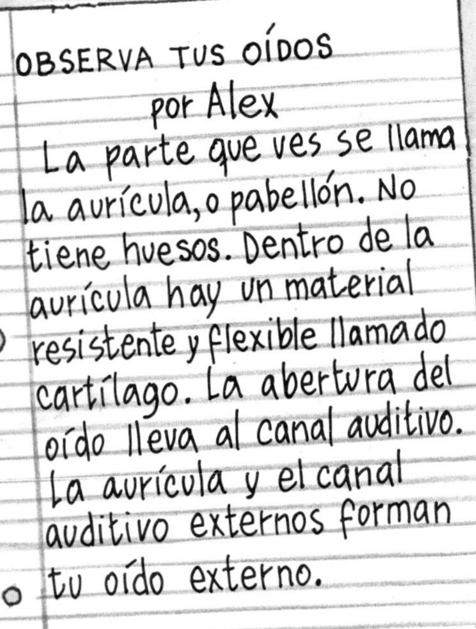

OBSERVA TUS OÍDOS
por Alex

La parte que ves se llama la aurícula, o pabellón. No tiene huesos. Dentro de la aurícula hay un material resistente y flexible llamado cartílago. La abertura del oído lleva al canal auditivo. La aurícula y el canal auditivo externos forman tu oído externo.

¡TU OÍDO ES MÁS DE LO QUE SE VE!
por Amanda Jane

La mayor parte de tu oído está dentro de tu cabeza. No lo puedes ver.

CANAL AUDITIVO
AURÍCULA
OÍDO EXTERNO
OÍDO INTERNO

Estábamos cayendo dentro del oído de un niño que miraba la vitrina de una tienda de juguetes. Entramos en su canal auditivo. ¡Sush! Nos deslizamos hasta el fondo.
JUGUETERÍA EL TROMPO AZUL
¡ALLÁ VAMOS!
¡QUÉ VEO!
VAMOS, RICHIE.
VOY, MAMÁ.
VESTIDOS
¿PUEDES MOVER TUS OREJAS? por Carlos
Algunas personas pueden mover sus orejas. Muchos animales también. Los animales con aurículas grandes las usan para dirigir los sonidos al oído.
HORARIO DE LA TIENDA
HORA DEL JUEGO
HORA DE LA SIESTA
HORA DEL BAÑO
HORA DE COM

Al final del canal auditivo, chocamos con una membrana delgada y elástica, llamada tímpano. Salimos dando tumbos del autobús justo cuando unas ondas sonoras entraban en el oído. Las ondas hicieron vibrar el tímpano. Nosotros también vibramos y entramos en él hasta el oído medio. El autobús también.

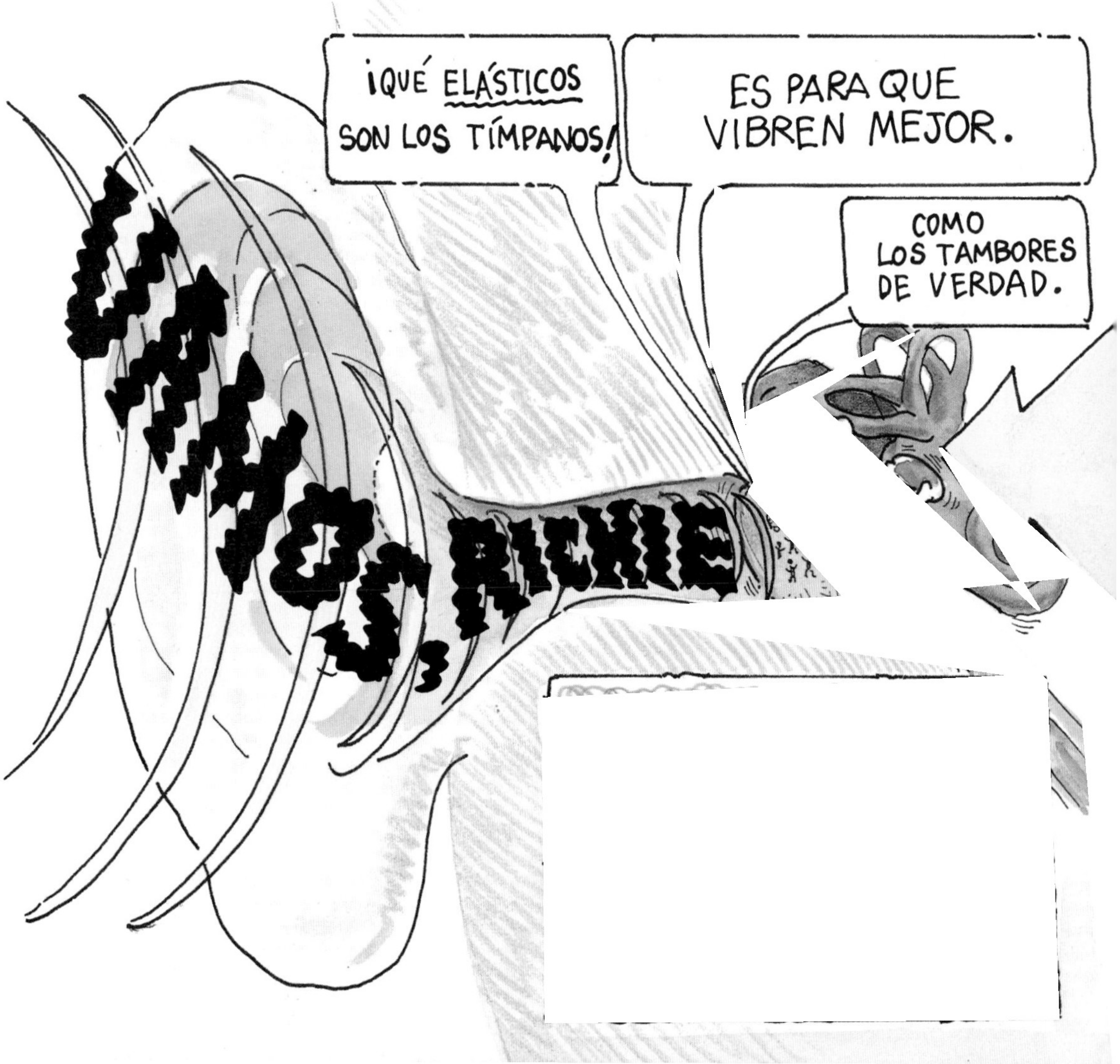

¿QUÉ SON LAS ONDAS SONORAS?
por Tim
Cuando algo se mueve de un lado a otro con rapidez, mueve el aire que está a su alrededor. Estos movimientos son las ondas o vibraciones sonoras.

CUANDO SUENA UNA CAMPANA
por Rachel
1. El martillo golpea la campana.
2. La campana vibra.
3. Las ondas sonoras viajan por el aire.
4. Las ondas entran en tu oído.
5. Tu aparato auditivo empieza a funcionar.
6. ¡Escuchas la campana!

¡QUÉ ELÁSTICOS SON LOS TÍMPANOS!
ES PARA QUE VIBREN MEJOR.
COMO LOS TAMBORES DE VERDAD.

No había nada en el oído medio salvo aire y tres osículos, unos huesos pequeños que transmiten las vibraciones del sonido.
Las ondas sonoras viajaban de un hueso a otro.
Las seguimos y el autobús rodó detrás de nosotros.

UNA PALABRA DE DOROTHY ANN
Osículo viene de una palabra que significa "hueso pequeño"

¡PONLE NOMBRE AL HUESO!
por Molly
Tus tres osículos se llaman:
Yunque
Martillo
Estribo
Tienen esos nombres porque se parecen un poco a estos objetos.

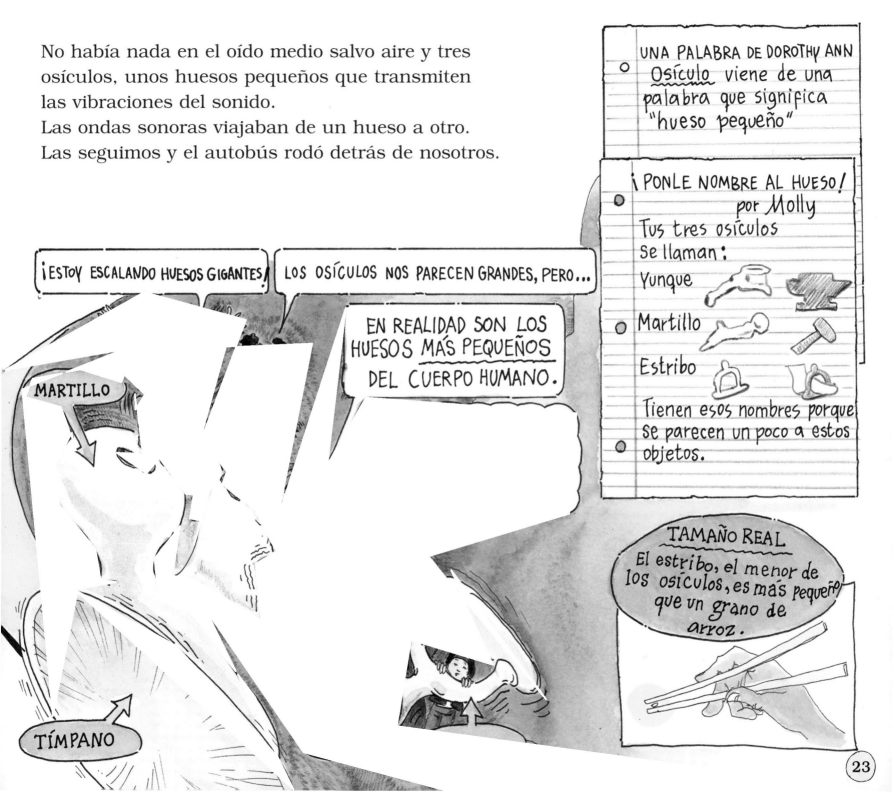

¡ESTOY ESCALANDO HUESOS GIGANTES!

LOS OSÍCULOS NOS PARECEN GRANDES, PERO...

EN REALIDAD SON LOS HUESOS MÁS PEQUEÑOS DEL CUERPO HUMANO.

MARTILLO

TÍMPANO

TAMAÑO REAL
El estribo, el menor de los osículos, es más pequeño que un grano de arroz.

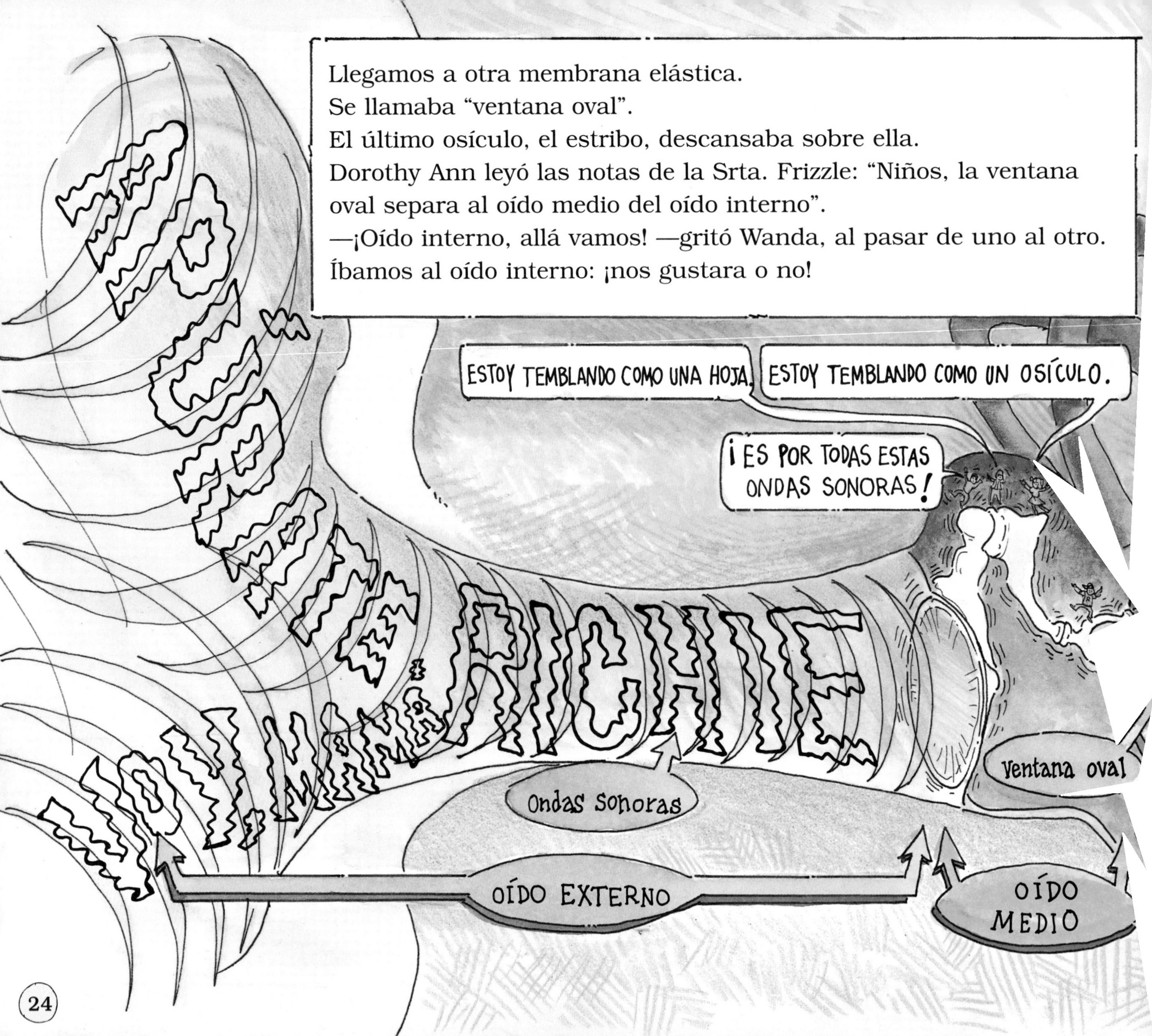
Llegamos a otra membrana elástica.
Se llamaba “ventana oval”.
El último osículo, el estribo, descansaba sobre ella.
Dorothy Ann leyó las notas de la Srta. Frizzle: “Niños, la ventana oval separa al oído medio del oído interno”.
—¡Oído interno, allá vamos! —gritó Wanda, al pasar de uno al otro.
Íbamos al oído interno: ¡nos gustara o no!
ESTOY TEMBLANDO COMO UNA HOJA.
ESTOY TEMBLANDO COMO UN OSÍCULO.
¡ES POR TODAS ESTAS ONDAS SONORAS!
Ventana oval
Ondas sonoras
OÍDO EXTERNO
OÍDO MEDIO

Hasta ese momento, todas las partes del oído tenían una sola función: *transportar* vibraciones.
En el oído interno, vimos la parte que *recibe* las vibraciones: la cóclea.
Nadamos a través del líquido que está dentro de la cóclea.
Vimos células llamadas ciliadas, que parecían pelos diminutos.
Las notas de la Srta. Frizzle decían: "Las células ciliadas son receptoras. Traducen las vibraciones de sonido en señales nerviosas."
En cuanto volvimos al autobús, el Sr. Wilde siguió a las señales nerviosas por el nervio auditivo.

¿PUEDES PEINAR TUS CÉLULAS CILIADAS? por John

¡NO! Las células ciliadas no son pelos. Sólo se parecen.

Las células ciliadas de tu oído tienen la misma función que los conos y bastones de tu ojo.
Ambos tipos de células reciben una forma de energía (ya sea ondas de luz o de sonido) y la convierten en señales nerviosas.

¡VAYA! ¡PODRÉ CONDUCIR HACIA EL CEREBRO OTRA VEZ!

¿NO LE BASTÓ CON UNA?

NERVIO AUDITIVO (lleva las señales al cerebro)

OÍDO INTERNO

AVISO DE LA FRIZ

Los ruidos muy fuertes pueden dañar las células ciliadas de tus oídos internos.

¡TAMBIÉN LA MÚSICA MUY ALTA!

¡BAJA EL VOLUMEN!

OTRA PALABRA DE DOROTHY ANN

Cóclea viene de una palabra que significa "caracol".
La cóclea de tu oído parece un caparazón de caracol.

CÓCLEA

CARACOL

DOROTHY ANN DISFRAZADA DE CARACOL

Esta vez, fuimos a una parte distinta de la corteza (el centro auditivo del oído en el que estábamos). Tan pronto como nos detuvimos sobre ella, de algún modo pudimos escuchar lo que oía el chico. Era la Srta. Frizzle que leía su lista de "cosas para hacer". ¡Estaba cerca! Todavía había esperanzas. ¡Quizá la Friz podría rescatarnos!

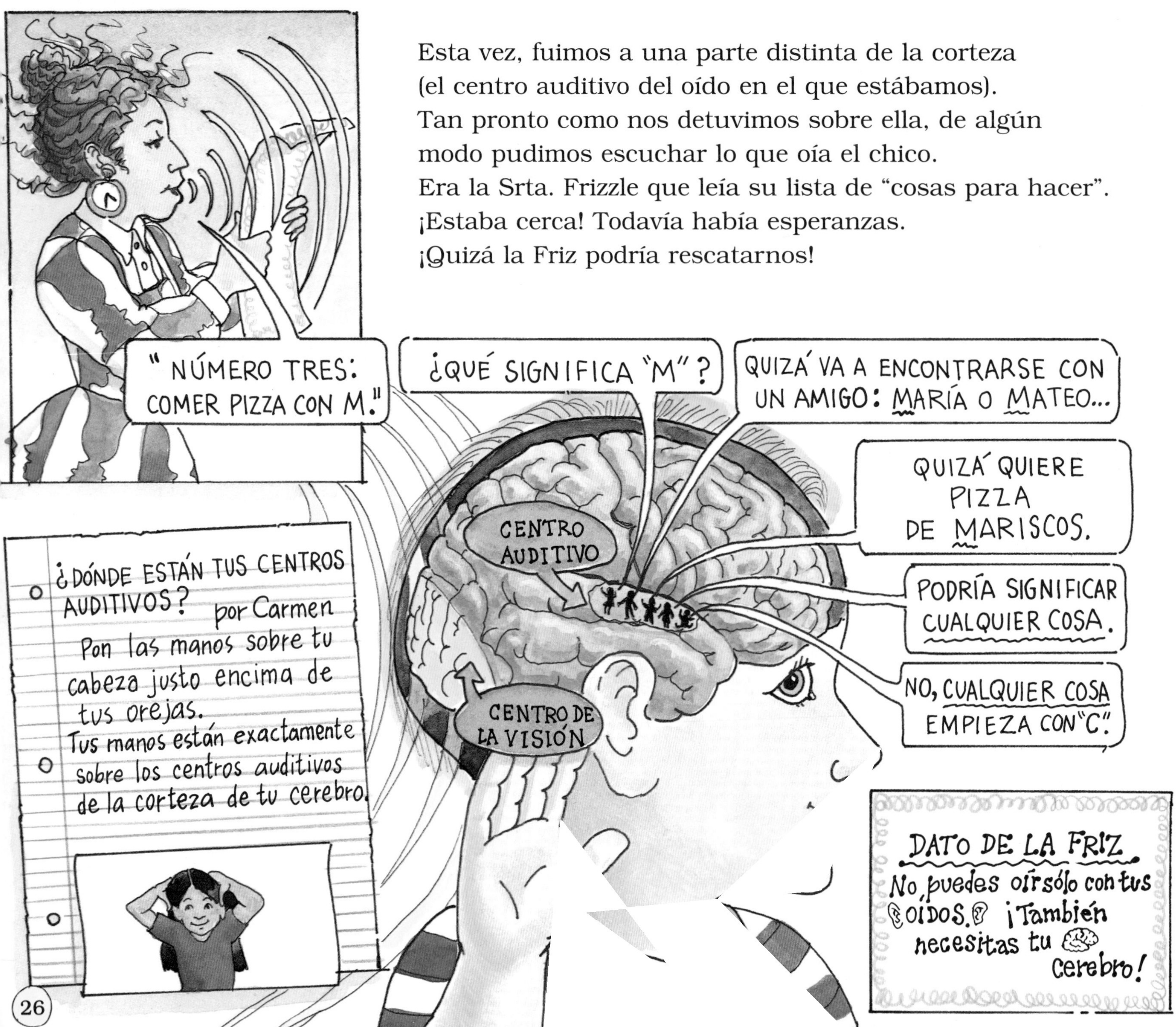
"NÚMERO TRES: COMER PIZZA CON M."
¿QUÉ SIGNIFICA "M"?
QUIZÁ VA A ENCONTRARSE CON UN AMIGO: MARÍA O MATEO...
QUIZÁ QUIERE PIZZA DE MARISCOS.
PODRÍA SIGNIFICAR CUALQUIER COSA.
NO, CUALQUIER COSA EMPIEZA CON "C".
CENTRO AUDITIVO
CENTRO DE LA VISIÓN
¿DÓNDE ESTÁN TUS CENTROS AUDITIVOS? por Carmen
Pon las manos sobre tu cabeza justo encima de tus orejas.
Tus manos están exactamente sobre los centros auditivos de la corteza de tu cerebro.
DATO DE LA FRIZ
No puedes oír sólo con tus oídos. ¡También necesitas tu cerebro!

Luego escuchamos el ruido de unos tacones sobre la acera.
¡Eran los tacones de la Srta. Frizzle! ¡Se estaba alejando!
Teníamos que seguirla, así que corrimos al autobús.
Pasamos a toda prisa por el cerebro y entramos en el nervio auditivo, recorrimos el oído y salimos por el canal auditivo.
¡Y empezamos a caer!

¡ESCUCHEN ESTO!
por Florrie
Los grillos tienen sus tímpanos en las patas.
Los mosquitos pueden oír con sus antenas.
Las serpientes no tienen oídos. Captan el sonido a través de sus huesos.
¡YUPI! ¡VOY EN CAÍDA LIBRE
¡SRTA. FRIZZLE, ESPÉRENOS!
AYUDA!
¿NO NECESITA UN PARACAÍDAS PARA ESO?
CREO QUE NO PUEDE OÍRNOS.
¡QUÉ HAMBRE TENGO!

Esta vez no había ninguna oreja suave donde caer. ¡Vimos cómo se acercaba la dura acera a toda prisa! Entonces, justo antes de que nuestro autobús se estrellara, sucedió algo sorprendente. Un perro amistoso, que venía olisqueando por la calle, nos aspiró por la nariz.

EL CAMINO HACIA ABAJO ES MUY LARGO.
NO LO SUFICIENTE... ¡NOS VAMOS A ESTRELLAR!
¡PRONTO!
¡AHORA!
SNIF
Lea el nuevo libro de Joanna Cole
"TODOS MIS PERROS"
¡Le hará reír! ¡Le hará llorar! ¡Se tirará en el suelo y se revolcará!
PIFAS FIFÍ COLITA MANCHA
¡EJEMPLARES AUTOGRAFIADOS CON PATAS DE PERRO EN VENTA AHORA!
También la firma de la autora, si realmente la desea.
CÓMO VEMOS por Juan Bastones
PONGA A PRUEBA SU OÍDO por Clara Sonoro
Su zorrillo doméstico por Mina Riz
Piel sensible por Nome Tokes
TEMAS SABROSOS por Agri Dulce
REVISTA DE ARTE
DEGEN EXPONE SU "OBRA"
"¿Qué? Otra serie?" —El Diario
"¡INFANTIL!" —Noticias
LIBROS SENSIBLES
CON MÁS DE 5 SUCURSALES

Primero nos pusimos contentos porque estábamos a salvo. Luego nos dimos cuenta de nuestra situación. ¡Estábamos dentro de la nariz de un perro!

¡ESTO ES UNA PESADILLA!
Y PEGAJOSA, ADEMÁS.
¡NUNCA ENCONTRAREMOS A LA SRTA. FRIZZLE!
LOS PERROS TIENEN UN SUPEROLFATO por Arnold
Los perros pueden percibir olores muy, muy tenues, o muy, muy alejados.
Los sabuesos pueden distinguir a una persona de otra sólo con el olor de sus zapatos.
...¡YA ES HORA DE QUE CAMBIES DE CALCETINES!
MIS ALUMNOS TIENEN OLFATO PARA LA AVENTURA.
¡YO NO!
SABIDURÍA FRIZZIANA
¡Nunca digas nunca!

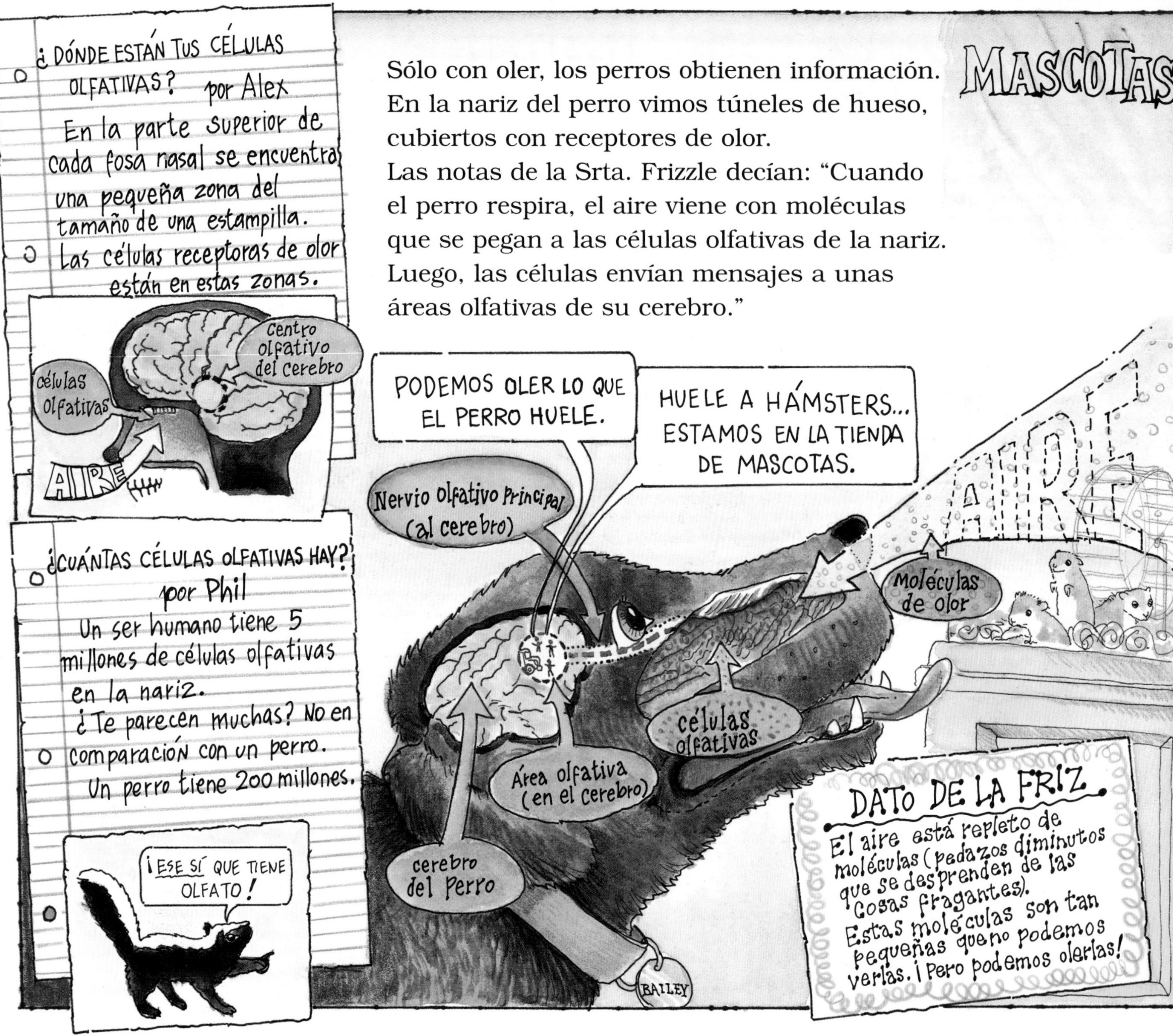
MASCOTAS
¿DÓNDE ESTÁN TUS CÉLULAS OLFATIVAS? por Alex
En la parte superior de cada fosa nasal se encuentra una pequeña zona del tamaño de una estampilla.
Las células receptoras de olor están en estas zonas.
Centro olfativo del cerebro
células olfativas
AIRE
Sólo con oler, los perros obtienen información.
En la nariz del perro vimos túneles de hueso, cubiertos con receptores de olor.
Las notas de la Srta. Frizzle decían: "Cuando el perro respira, el aire viene con moléculas que se pegan a las células olfativas de la nariz. Luego, las células envían mensajes a unas áreas olfativas de su cerebro."
PODEMOS OLER LO QUE EL PERRO HUELE.
HUELE A HÁMSTERS... ESTAMOS EN LA TIENDA DE MASCOTAS.
AIRE
Nervio olfativo principal (al cerebro)
Moléculas de olor
células olfativas
Área olfativa (en el cerebro)
cerebro del perro
BAILEY
¿CUÁNTAS CÉLULAS OLFATIVAS HAY? por Phil
Un ser humano tiene 5 millones de células olfativas en la nariz.
¿Te parecen muchas? No en comparación con un perro.
Un perro tiene 200 millones.
¡ESE SÍ QUE TIENE OLFATO!
DATO DE LA FRIZ
El aire está repleto de moléculas (pedazos diminutos que se desprenden de las cosas fragantes).
Estas moléculas son tan pequeñas que no podemos verlas. ¡Pero podemos olerlas!

El Sr. Wilde se dirigió a una de las áreas olfativas. Entonces todos pudimos oler lo que el perro olía. ¡Era fácil saber que estábamos cerca de la pizzería!

HUELE A LIBROS...
ESTAMOS CERCA DE LA BIBLIOTECA.

HUELE A PERRO FALDERO.
YO SÓLO HUELO UN CHARCO.
SNIF
SNIF
¡ME ENCANTA TU ROPA, VALERIE!
¡TAMBIÉN LA TUYA ES ESTUPENDA MAMÁ!
PIZZA PLAZA
SNIF
SNIF
SNIF
HUELE A PIZZA. ¡ES LA PIZZA PLAZA!
¡SNIF, SNIF!
Prueba esto: huele algo agradable. Ahora olfatea.
¿Es más fuerte el olor?
Es porque llegó más olor hasta tus zonas olfativas.
ZONA OLFATIVA
Sólo respira.
Olfatea.

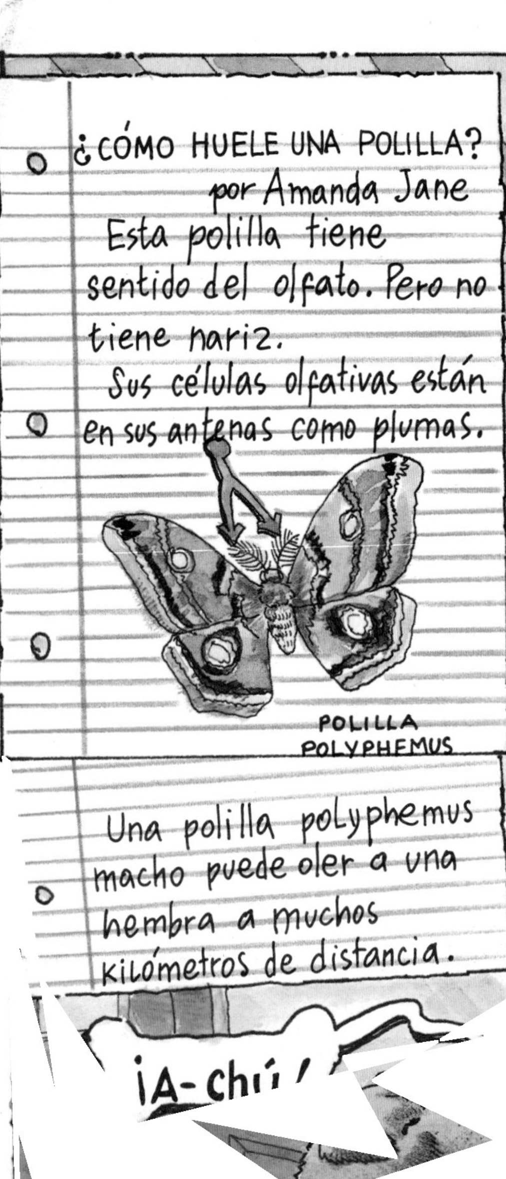
¿CÓMO HUELE UNA POLILLA?
por Amanda Jane
Esta polilla tiene sentido del olfato. Pero no tiene nariz.
Sus células olfativas están en sus antenas como plumas.
POLILLA POLYPHEMUS
Una polilla polyphemus macho puede oler a una hembra a muchos kilómetros de distancia.
¡A-CHÚ!

—Vamos a comer pizza —dijo el Sr. Wilde.
Esta vez todos aceptamos su plan.
Salió del cerebro y regresó a la nariz.
En ese momento, el perro estornudó y el autobús salió volando.
Por las ventanillas, vimos a la Friz sentada en una mesa.
¡Splash!
¡Caímos justo en su vaso de agua!

ESTÁ COMIENDO PIZZA CON SU MAMÁ.

¡ASÍ QUE ESO ES LO QUE SIGNIFICA LA "M"!

El autobús quedó bien lavado: ¡lo necesitaba!
Entonces, un mesero tiró el vaso accidentalmente.
¡Caímos en la pizza de la Srta. Frizzle!
El Sr. Wilde trató de alejarnos, pero la pizza tenía doble queso.
Mientras hacíamos girar las ruedas, ¡la Friz decidió dar un mordisco!
¡UY!
OJALÁ MIS ALUMNOS ESTUVIERAN AQUÍ.
DEBEN SER ESTUPENDOS.
¡SÍ, LO SON! ¡Y LES ENCANTA LA PIZZA!
ESTAMOS CAYENDO EN LA PIZZA DE LA FRIZ.
¡AAAY!

Ya antes habíamos sido la comidilla de nuestros maestros, pero esto era ridículo.
¡Teníamos que escapar, y rápido!
El Sr. Wilde forzó el motor, y el autobús salió del queso dando tumbos y cayó en la lengua de la Srta. Frizzle.
Estaba llena de bultos.
Entre los bultos había espacios profundos. Al asomarnos en uno, vimos moléculas de comida que eran arrastradas por la saliva hacia las papilas gustativas.
Luego, una ola nos arrastró también a nosotros.

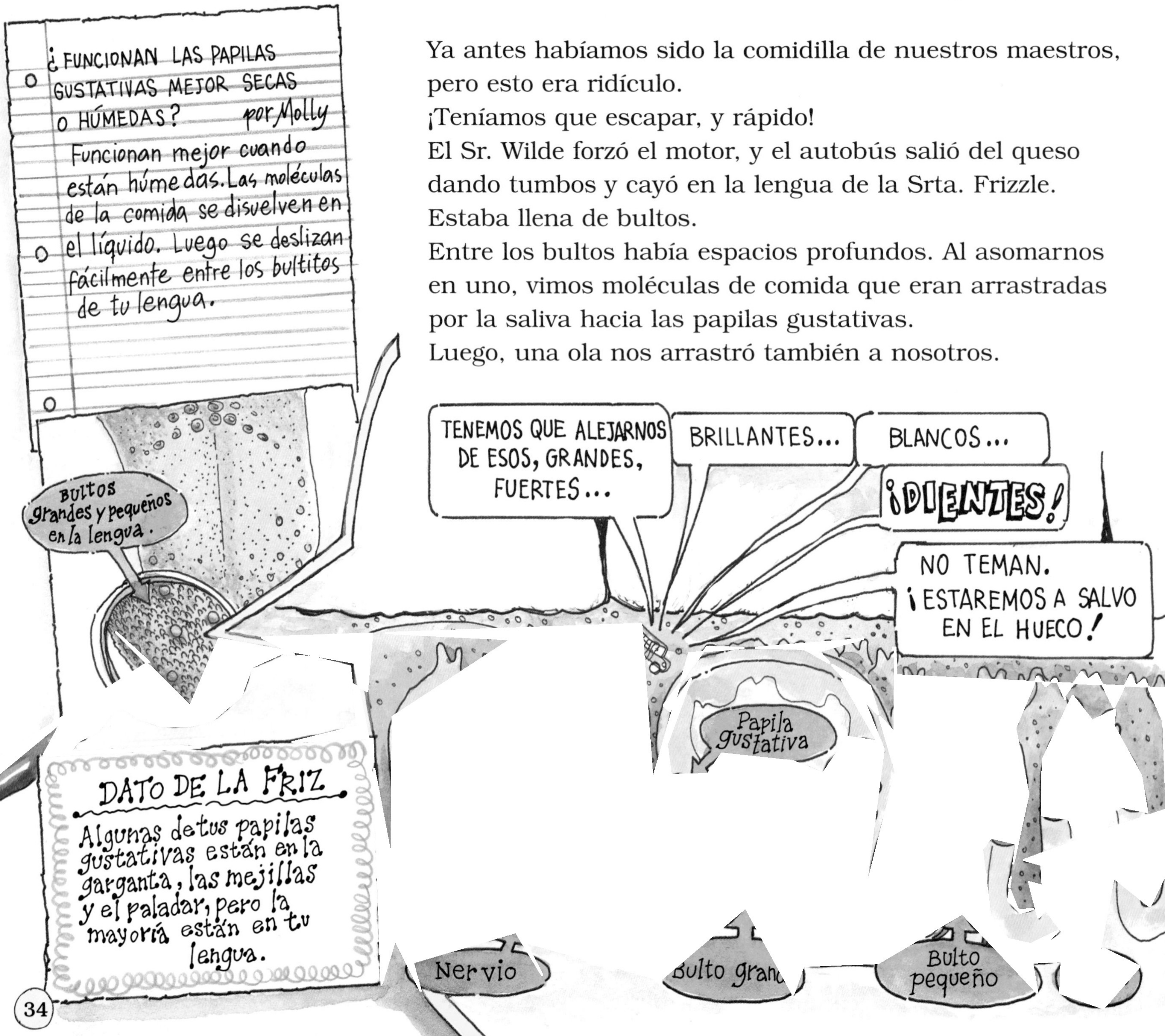
¿FUNCIONAN LAS PAPILAS GUSTATIVAS MEJOR SECAS O HÚMEDAS? por Molly
Funcionan mejor cuando están húmedas. Las moléculas de la comida se disuelven en el líquido. Luego se deslizan fácilmente entre los bultitos de tu lengua.
Bultos grandes y pequeños en la lengua.
TENEMOS QUE ALEJARNOS DE ESOS, GRANDES, FUERTES...
BRILLANTES...
BLANCOS...
¡DIENTES!
NO TEMAN. ¡ESTAREMOS A SALVO EN EL HUECO!
Papila gustativa
Nervio
Bulto pequeño
DATO DE LA FRIZ
Algunas de tus papilas gustativas están en la garganta, las mejillas y el paladar, pero la mayoría están en tu lengua.

Podríamos habernos quedado en el hueco hasta que la Srta. Frizzle acabara de masticar.
Pero eso le hubiera parecido muy aburrido al Sr. Wilde.
Tenía la fiebre del autobús escolar.
Viró bruscamente a la izquierda en una papila gustativa.
Dentro de la papila, las células gustativas convertían los sabores en señales nerviosas.

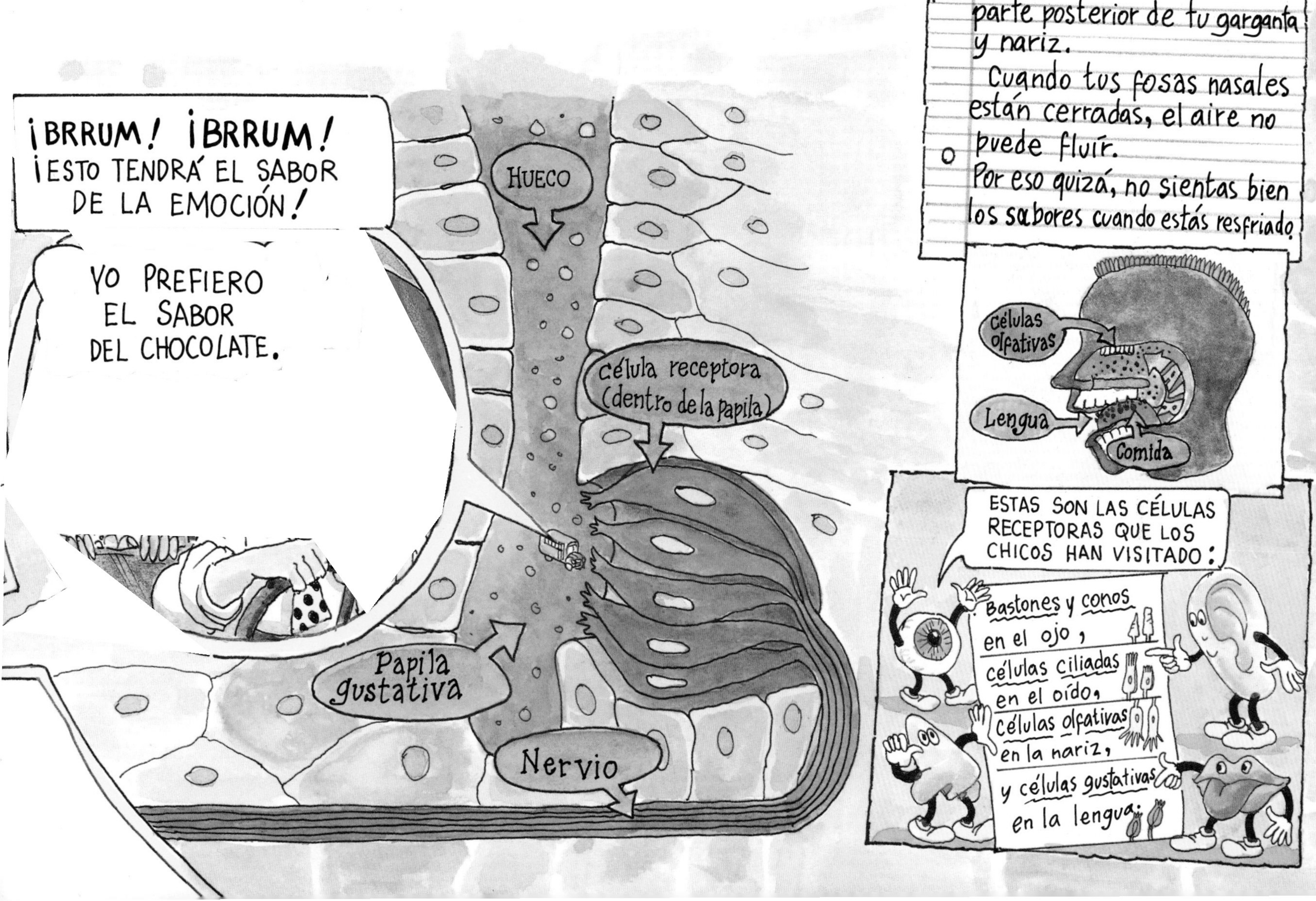

TU SENTIDO DEL OLFATO AYUDA A TU GUSTO
por Gregory
Cuando masticas, las moléculas de la comida entran en tu boca con el aire.
Luego, el aire sube a la parte posterior de tu garganta y nariz.
Cuando tus fosas nasales están cerradas, el aire no puede fluir.
Por eso quizá, no sientas bien los sabores cuando estás resfriado.
¡BRRUM! ¡BRRUM!
¡ESTO TENDRÁ EL SABOR DE LA EMOCIÓN!
YO PREFIERO EL SABOR DEL CHOCOLATE.
HUECO
Célula receptora (dentro de la papila)
Papila gustativa
Nervio
Células olfativas
Lengua
Comida
ESTAS SON LAS CÉLULAS RECEPTORAS QUE LOS CHICOS HAN VISITADO:
Bastones y conos en el ojo,
células ciliadas en el oído,
células olfativas en la nariz,
y células gustativas en la lengua.

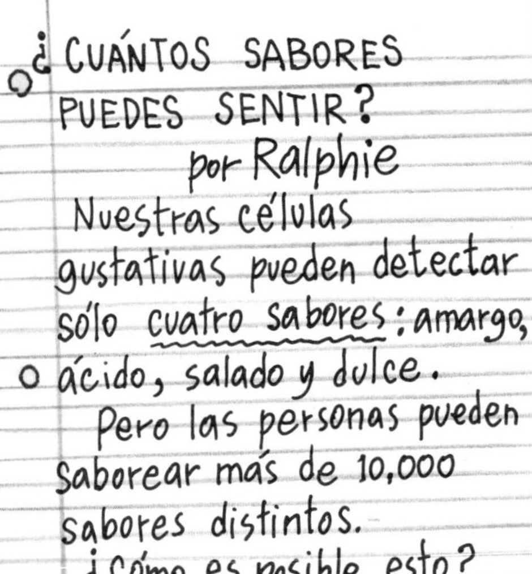
¿CUÁNTOS SABORES PUEDES SENTIR?

por Ralphie

Nuestras células gustativas pueden detectar sólo cuatro sabores: amargo, ácido, salado y dulce.

Pero las personas pueden saborear más de 10,000 sabores distintos.

¿Cómo es posible esto?

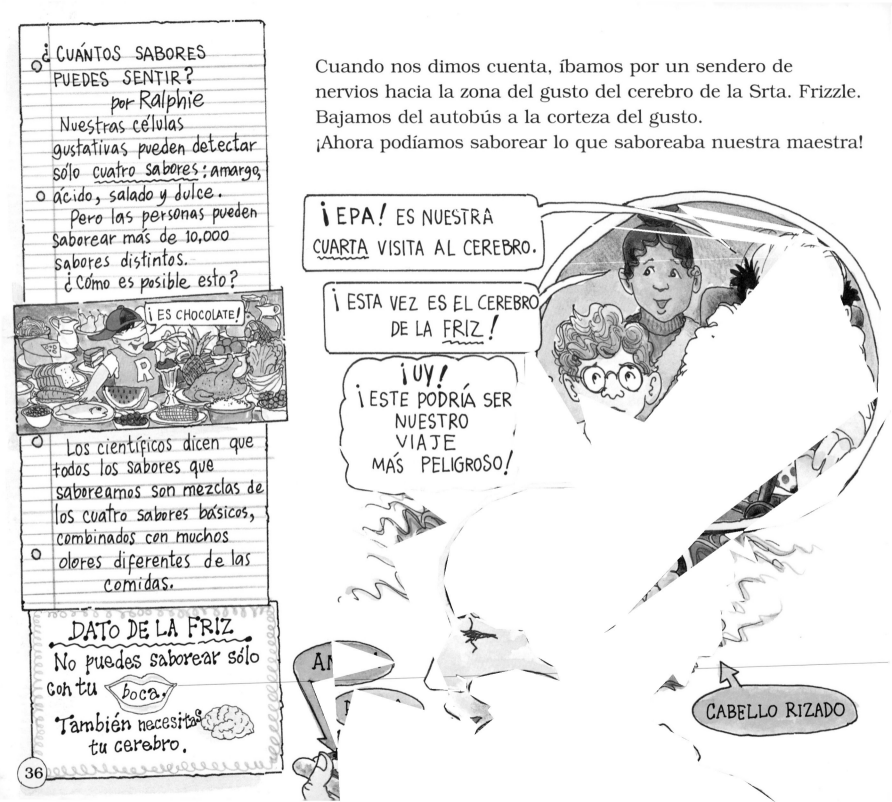

¡ES CHOCOLATE!
R

Los científicos dicen que todos los sabores que saboreamos son mezclas de los cuatro sabores básicos, combinados con muchos olores diferentes de las comidas.

DATO DE LA FRIZ

No puedes saborear sólo con tu boca. También necesitas tu cerebro.

Cuando nos dimos cuenta, íbamos por un sendero de nervios hacia la zona del gusto del cerebro de la Srta. Frizzle. Bajamos del autobús a la corteza del gusto. ¡Ahora podíamos saborear lo que saboreaba nuestra maestra!

¡EPA! ES NUESTRA CUARTA VISITA AL CEREBRO.

¡ESTA VEZ ES EL CEREBRO DE LA FRIZ!

¡UY! ¡ESTE PODRÍA SER NUESTRO VIAJE MÁS PELIGROSO!

CABELLO RIZADO

Todos pensamos que nos encantaría saborear la pizza de la Srta. Frizzle. Pero, ¡puaj!, ¡estaba llena de ANCHOAS! ¡Nos dio tanto asco que salimos corriendo de la zona del gusto del cerebro tan rápido como pudimos! El Sr. Wilde nos siguió con el autobús.
ANCHOAS
¡PUAAA-AAAJ! ¡ESTA PIZZA ES HORRIBLE!
¡NO HA OÍDO HABLAR DEL SALAMI!
¡CÁLLENSE Y CORRAN!
¡ESPÉRENME!
Sensaciones del gusto
EL BAGRE GANA EL CONCURSO DEL GUSTO
por Wanda
El bagre es quizá el animal con mayor número de papilas gustativas. Tiene 175.000; unas 50 veces más que un ser humano corriente.
La mayoría de las papilas gustativas están en la parte exterior del cuerpo del bagre.
Puede saborear el alimento antes de comerlo.
PUEDO SABOREAR CON MI ESPALDA, MIS COSTADOS Y MI CABEZA.
LAS GALLINAS SON LAS ÚLTIMAS
por John
Las gallinas pueden saborear, pero no muy bien. Sólo tienen 24 papilas gustativas.
CON VEINTICUATRO ME ALCANZAN, GRACIAS.
DESPUÉS DE TODO, ES SÓLO COMIDA DE GALLINAS.

TU PIEL ES UN ÓRGANO SENSORIAL

por Carmen

Las células receptoras de tu piel envían mensajes nerviosos al centro "del tacto" de tu cerebro.

Tu piel no sólo siente las sensaciones del tacto, sino también la temperatura, el picor, la presión y el dolor.

Llegamos a la parte del cerebro que recibe
los mensajes del tacto de la mano.
¡Allí, podíamos de algún modo sentir
lo que la Srta. Frizzle sentía!
¡Cuando sentía algo caliente o frío, o duro o suave,
nosotros también lo sentíamos!

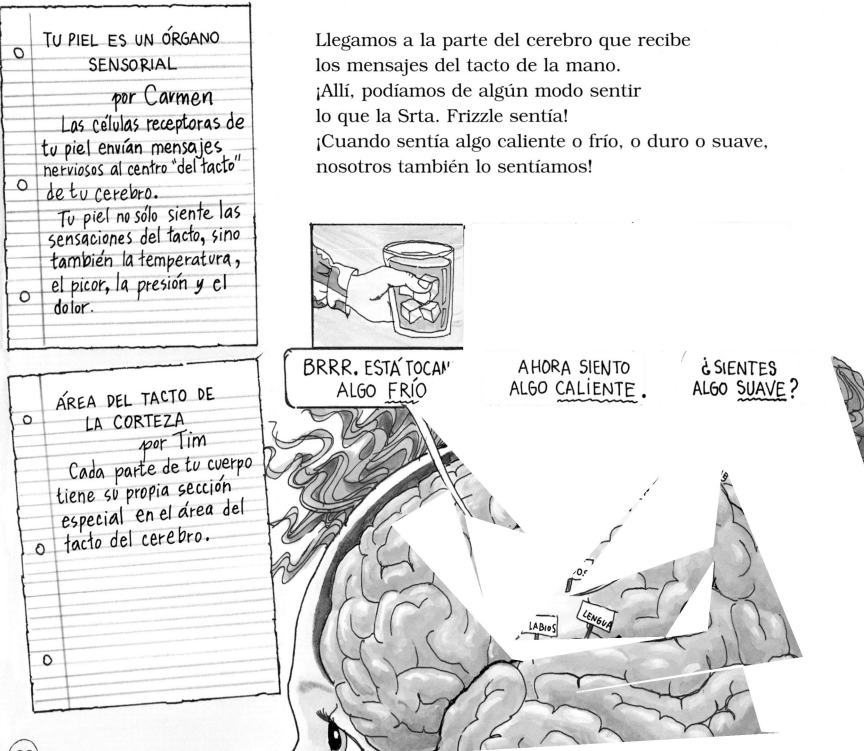

BRRR. ESTÁ TOCAN
ALGO FRÍO
AHORA SIENTO ALGO CALIENTE.
¿SIENTES ALGO SUAVE?
LABIOS
LENGUA

ÁREA DEL TACTO DE LA CORTEZA

por Tim

Cada parte de tu cuerpo tiene su propia sección especial en el área del tacto del cerebro.

—Veamos dónde va este nervio —dijo el Sr. Wilde.

De regreso en el autobús, recorrimos a toda velocidad los caminos de nervios que se alejaban del cerebro de la Srta. Frizzle. Al final de los nervios estaban las células receptoras de su piel.

LOS BIGOTES SON ÓRGANOS DEL TACTO
por Shirley
Los gatos, perros, ratones, caballos y muchos otros mamíferos tienen bigotes sensibles.
Los bigotes ayudan a los animales a encontrar su camino en la oscuridad.
Un bigote puede detectar también el alimento que el animal no ve.
VAMOS A LA PIEL DE LA SRTA. FRIZZLE.
HACEN FALTA NERVIOS DE ACERO PARA IR ALLÁ.
¡VAYA! ¡CASI DEJO ESA!
MIREN TODAS ESTAS CÉLULAS RECEPTORAS TAN RARAS.
Poro
Receptor de vibraciones
NOTA: Estos pelos no son órganos de los sentidos.
Receptor de calor, picor y dolor
Receptor de cambio de forma y frío extremo
Receptor de roce ligero
AMPLIACIÓN DE UN CORTE DE LA PIEL
Glándula Sudorípara
Receptor de presión fuerte
Folículo receptor piloso

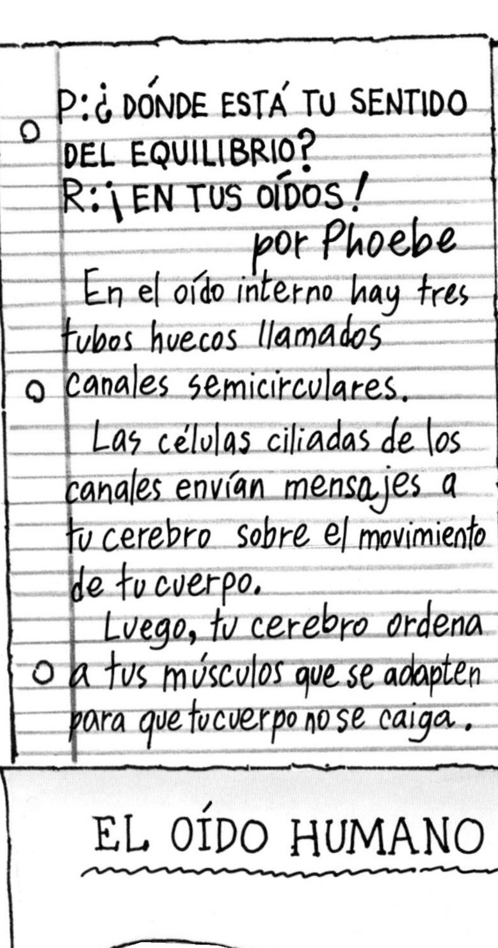

P: ¿DÓNDE ESTÁ TU SENTIDO DEL EQUILIBRIO?
R: ¡EN TUS OÍDOS!
por Phoebe

En el oído interno hay tres tubos huecos llamados canales semicirculares.

Las células ciliadas de los canales envían mensajes a tu cerebro sobre el movimiento de tu cuerpo.

Luego, tu cerebro ordena a tus músculos que se adapten para que tu cuerpo no se caiga.

—Aquí está la salida —dijo el Sr. Wilde, pasando por un poro de la piel.
Adelante, vimos a la Friz que acariciaba al suave y lindo gato de su mamá.
El Sr. Wilde conducía tan rápidamente que el autobús cayó de la mano de la Srta. Frizzle al oído interno del gato.

¡OTRA OREJA, NO!

¡QUÉ GATÁSTROFE!

EL OÍDO HUMANO

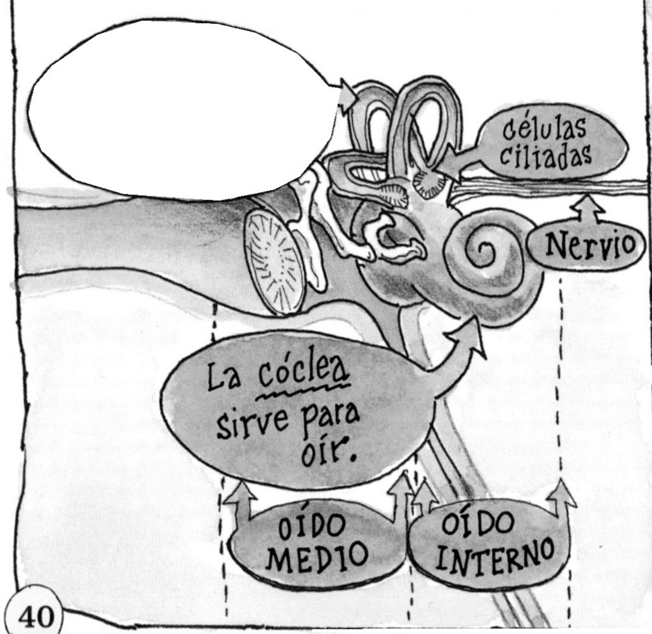

células ciliadas

Nervio

La cóclea sirve para oír.

OÍDO MEDIO

OÍDO INTERNO

LOS OÍDOS NO SIRVEN SÓLO PARA OÍR.

¡TAMBIÉN TE MANTIENEN DE PIE!

RATAPLÁM

RATAPLÁM

Pasamos la cóclea en forma de caracol que se usa para oír. Luego, llegamos a unos tubos huecos. Se usan para mantener el equilibrio. Nos agarramos desesperadamente cuando sentimos saltar al gato.

Luego, escuchamos el retumbar de un motor de automóvil.

—Cinturones de seguridad, todo el mundo —gritó la Srta. Frizzle, al partir.

¿DAMOS UNA VUELTA?
BUENA IDEA, VAL. A FRED LE ENCANTAN LOS AUTOS.
LOS GATOS LISTOS MANTIENEN EL EQUILIBRIO
por Tim
¿Por qué los gatos caen sobre sus patas? ¡Su excelente sentido del equilibrio los ayuda a girar y caer parados!
• El gato cae; su sentido del equilibrio le dice: —¡Estás boca arriba!
• Gira la cabeza
• Gira la columna; baja las patas traseras
• El gato aterriza sobre sus patas
EN MI ANTIGUA ESCUELA NUNCA VIAJAMOS EN UN AUTO MIENTRAS ESTÁBAMOS EN UN AUTOBÚS
cóclea
canales semicirculares
OÍDO INTERNO DEL GATO
UNA PALABRA DE DOROTHY ANN
Semicircular significa "en forma de medio círculo".

La Friz dio una vuelta repentina, y salimos *gata*pultados del oído. Aterrizamos justo detrás del auto de la Srta. Frizzle. Cuando el autobús recuperó su tamaño normal, el Sr. Wilde tocó la bocina, y la Srta. Frizzle se hizo a un lado.

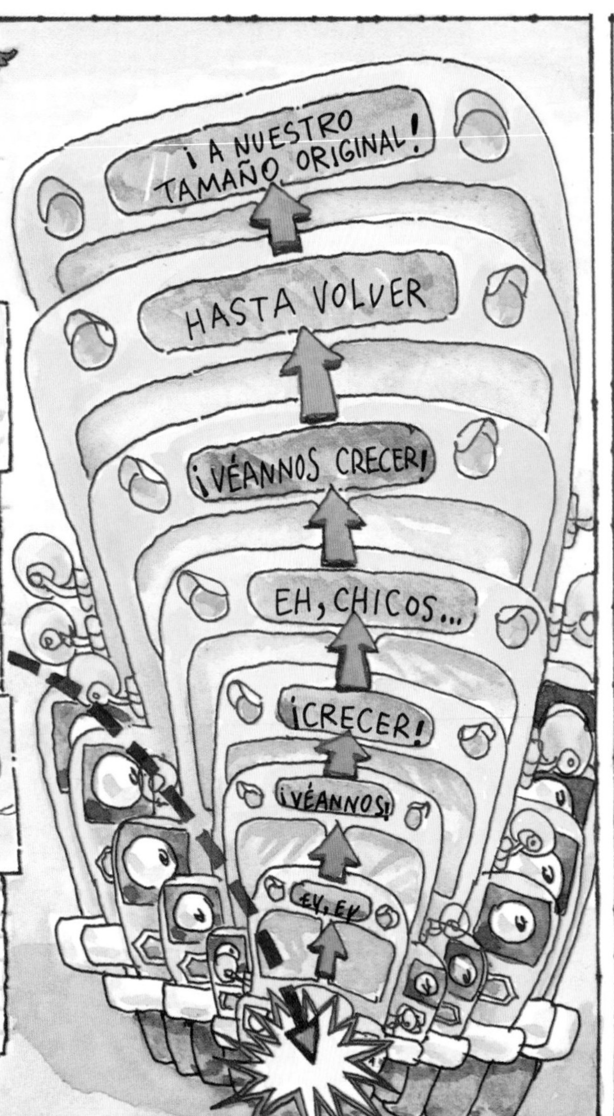
EV, EV
¡VÉANNOS
¡CRECER!
EH, CHICOS...
¡VÉANNOS CRECER!
HASTA VOLVER
¡A NUESTRO TAMAÑO ORIGINAL!

¡SENSACIONAL!
EL SR. WILDE Y MI CLASE. ¡QUÉ COINCIDENCIA!
¡QUÉ GANAS DE CONOCERLOS!

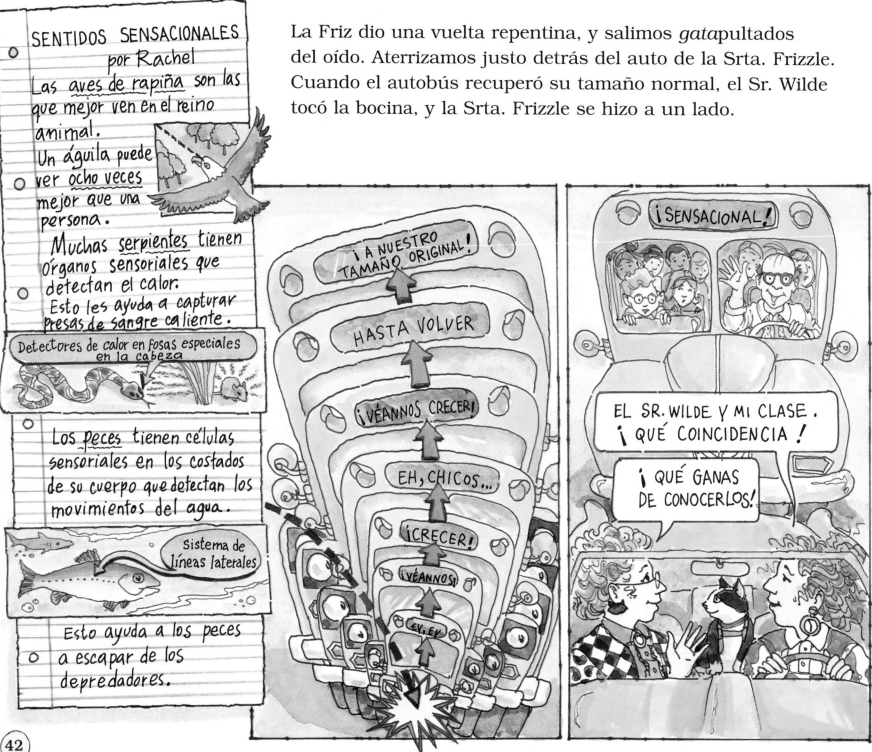

SENTIDOS SENSACIONALES
por Rachel
Las aves de rapiña son las que mejor ven en el reino animal.
Un águila puede ver ocho veces mejor que una persona.
Muchas serpientes tienen órganos sensoriales que detectan el calor.

Esto les ayuda a capturar presas de sangre caliente.

Detectores de calor en fosas especiales en la cabeza

Los peces tienen células sensoriales en los costados de su cuerpo que detectan los movimientos del agua.

Sistema de líneas laterales

Esto ayuda a los peces a escapar de los depredadores.

Le informamos sobre la junta, y al poco tiempo estábamos todos de vuelta en la escuela.

TÚ DEBES SER ARNOLD. ME HAN HABLADO MUCHO DE TI.

AY, AY...

¡CRÉANLO!

¡SRTA. FRIZZLE, NUNCA CREERÁ LO QUE HACE ESTE AUTOBÚS!

¡NUNCA DIGA NUNCA SR. WILDE!

MÁS SENTIDOS SENSACIONALES
por Arnold

Los mamíferos que salen de noche tienen una capa como un espejo en el fondo del ojo. El espejo refleja la luz en el ojo, dando más luz a los conos y los bastones.

Las aves pueden detectar el campo magnético de la tierra.

Tierra
Campo magnético

Esto las ayuda a encontrar el camino cuando están migrando.

Llegamos justo a tiempo para cantar nuestra canción
y ver qué había en la mesa de refrigerios.
Luego, le dieron un premio a la Srta. Frizzle.
¡Vaya sorpresa!
Si alguien se merece un premio, es la Friz.
¡Es la maestra más *sensa*-cional de la escuela!

¿SÓLO CINCO?
¡ESTÁN BROMEANDO!
por Michael
Todo el mundo dice que hay CINCO sentidos porque hace mucho sólo conocíamos cinco: vista, oído, olfato, gusto y tacto.
Hoy día los científicos han encontrado unos VEINTE sentidos entre seres humanos y animales.
¡Por ejemplo, hay sentidos que detectan la gravedad, la electricidad, la luz ultravioleta y más!
LA GENTE SIGUE DICIENDO "LOS CINCO SENTIDOS..."
... AUNQUE NO ES EXACTO.
ES CONSENTIDO...
Y PRESENTIDO...
¡NO TIENE SENTIDO!
¡UM! ¡PIZZA!
MESA DE PIZZA
¡UM! ¡SIN ANCHOAS!
CHAMPIÑONES
PIMIENTOS
SALCHICHA
QUESO EXTRA
PODEMOS SABOREAR Y OLER.
PODEMOS EQUILIBRIO TENER.
NOS GUSTA VER, OÍR Y TOCAR.
A NUESTROS SENTIDOS PODEMOS AMAR.

ESTOY TAN ORGULLOSA DE MI HIJO.
Y YO, DE LA MÍA.
Album de Fotos de la pequeña Valerie Frizzle
1 año
2 años
3 años
4 años
A LA SRTA. FRIZZLE POR TANTAS EXCURSIONES
¿ADÓNDE NOS LLEVARÁ DESPUÉS?
¡ESA ES UNA GRAN PREGUNTA!
FRIZZLETONOS
SABIDURÍA FRIZZONIANA
¡Nunca sabes adónde puede ir la Friz!

LA CANCIÓN DE LOS ERRORES
¿En este libro viste algún error?
Hay muchos, debes buscar mejor.
Si estudias esta melodía,
sabrás el error del día.
No importa lo que puedas creer,
un autobús no se puede encoger.
Los chicos no pueden un cerebro visitar,
ni con carro o autobús pasear.
CLARO DEBE QUEDAR:
AL OÍDO NO PUEDEN ENTRAR.
Y NO DEBEN INTENTAR
POR UN OJO PASAR.
¿ENTRAR EN UNA NARIZ?
O EN LA PIEL DE LA FRIZ?
AUNQUE LO PUDIERAN DESEAR,
ESO NO SE PUEDE VISITAR.
LOS NIÑOS NO PUEDEN ESCONDERSE EN LAS PAPILAS GUSTATIVAS DE LA MAESTRA.
¡AA-UUU
-AA-UUUU!
¿EL OÍDO DE UN GATO?
¡NO, ESO JAMÁS!
YOGUAU

INCLUSO SI UN CEREBRO
EXPLORARA UN CHICO
TODO SERÍA EN VANO
AHORA TE LO EXPLICO:
OH, NO DEBÍAS ESPERAR
QUE SUS PIES PUDIERAN DETECTAR
LAS SENSACIONES QUE LOS RODEABAN,
CUANDO EN EL CEREBRO DE LA MAESTRA,
EL POLICÍA O EL SABUESO ESTABAN.
¿EN ESTE LIBRO SINGULAR
HAY ALGO QUE SEA VERDAD?
SÍ, LOS DATOS SON REALES,
¡DE ESO TENEMOS SEGURIDAD!
SORBETE
FRESA
JIPITI
JOP
CHICA
SALVIA

¡NO SE OLVIDEN DE LLAMAR!
¡QUEDAMOS EN CONTACTO!
¡FUE UN GUSTO VERLOS!
¡HASTA LA VISTA!
ME HUELE QUE VOLVERÁN.